A veces *Riendo,* a veces *Llorando...*

Elizabeth Guía Magallanes

ISBN 0-9764280-0-8

Editores:
Patricia Molina y
Dr. Pedro Díaz-Landa.

Diseño Gráfico:
Pat Molina
www.patmolina.com

Impreso en:
Colorama Printing
3215 NW 7th St
Miami, FL 33125
Tel: (305) 541-0322
colorama@bellsouth.net

A Ilusión y Fernando

Dondequiera que se encuentren sus almas,

yo sé que están juntas...

A mi padre, Armando Enrique Guía Monasterio, orgullo y ejemplo de los venezolanos por su labor pionera en la televisión venezolana, y a mi madre, Aura Magallanes de Guía. Ellos me transmitieron desde muy temprana edad –aun sin darse cuenta- su gran amor a la poesía y a la música, sin excluir los sentimentales boleros y canciones en boga en aquella época de mi existencia.

Un recuerdo particularmente vívido de mi infancia es el de las veladas familiares en las que, entre rica música y selecta poesía, mis padres compartían con amistades los versos del gran poeta venezolano Andrés Eloy Blanco, en la propia voz de este autor, cuya grabación mi padre conservaba como un verdadero tesoro.

A mis hermanos, Enrique Guía Magallanes, Yelena Guía de Prato y Beltrán Prato, Francisco Guía y Eva Molina de Guía, Aura Guía de Jabobs y Jean Philippe Jacobs, y María Graciela Guía de Burn y John Burn. A Yelena deseo expresarle un agradecimiento muy especial, por sus valiosas sugerencias acerca del plan de este libro.

A Rose F. Souza, mi segunda mamá, por haber despertado mi inclinación al estudio del idioma inglés y la apreciación de la cultura anglosajona, durante mi etapa estudiantil en los EE.UU., estimulando así mi interés en el estudio de otras lenguas y culturas.

Elizabeth Guia-Magallanes
Miami, 13 de Noviembre del 2004

INTRODUCCIÓN

EN EL FONDO DE CADA ALMA

EXISTEN TESOROS ESCONDIDOS

QUE ÚNICAMENTE

DESCUBRE EL AMOR.

EDOUARD ROD,
ESCRITOR SUIZO (1857-1910)

 Esta es una Historia de Amor, así con mayúsculas, a un tiempo romántica, tormentosa y sublime, como a veces resulta ser la relación apasionada de dos seres que se aman con locura, a pesar y por encima de sus insalvables limitaciones humanas y de las irremediables adversidades que tienen que afrontar.

Es la Historia de Amor de Ilusión y Fernando, que se inicia en la ciudad de París en 1950 y se prolonga por treinta y siete años, hasta la muerte de Fernando en Brasil en 1987. Nueve años después, en 1996, moriría Ilusión en la misma ciudad en que se habían conocido, París.

De su historia ha quedado un caudal de comunicaciones que se dedicaron el uno al otro, testimonio fiel de su intenso romance, y únicas no sólo por su conmovedor contenido sino también porque, prácticamente todas, fueron escritas en forma poemática.

Antes de morir, Ilusión me entregó su *cofre de recuerdos* donde preservaba con infinito celo, cartas, notas y fotografías de ambos, material éste que constituye el embrión del cual ha emanado la presente obra.

Había tenido yo la fortuna de entablar amistad con Ilusión -su nombre epistolar- durante una estadía en París en el otoño de 1991. Asistía yo, el día que la conocí, a una cena de amigos latinoamericanos que residían en París desde hacía ya varios años. Estimé, al conocerla, que tendría unos sesenta años, bien llevados. Mujer elegante, de sonrisa fresca y amigable, y poseedora de un toque de circunspección y señorío que en un principio me intimidó un poco. No obstante, una corriente de mutua simpatía propició entre ambas un sincero vínculo de amistad. Y no dudo que a esta recíproca afinidad contribuyese también el hecho de que ambas teníamos la patria de Bolívar por cuna común.

Ilusión residía en un apartamento del vecindario *arrondissement* XVI, cerca de Trocadero, y yo estaba alojada en casa de unos amigos que vivían en la misma zona. Aquella noche, el destino dispuso que cenáramos sentadas una al lado de la otra, y aunque nuestras edades nos separaban casi 20 años, ello no fue óbice para que conversáramos a gusto toda la noche y conviniéramos en que yo la visitara en su apartamento dos días después. Ese fue el inicio de una amistad que sólo la muerte de Ilusión lograría interrumpir cinco años después.

Todo acerca de la relación entre Ilusión y Fernando, su gran amor, cautivó mi atención. La forma apasionada en que se enamoraron, precisamente en París, y las dificultades que esa relación tuvo que superar debido al espíritu libre y hasta indomable de Ilusión, de una parte, y a la personalidad apasionada y conservadora de Fernando, de la otra. El recuerdo de Fernando, que había fallecido cuatro años atrás, ardía en su memoria con todas las vivencias de los días inolvidables de su hermosa relación. Y la historia y todos los pormenores novelescos de aquel amor, acabaron avivando mi imaginación en grado tal que pudiera decir que mi amistad con Ilusión dejó de ser una amistad entre dos seres vivientes que hablaban de un tercero desaparecido, para convertirse en una triple camaradería –Ilusión, Fernando y yo- en que lo existente y lo fugado habían tomado plena coexistencia en el tiempo y en el espacio... Hoy en día, me resulta difícil creer en verdad, que yo nunca conocí personalmente a Fernando.

Como ya señalé, las innumerables cartas que intercambiaron Ilusión y Fernando fueron escritas en factura y tono poemáticos. Para él, dada su condición de poeta, esto resultó ser una reacción expresiva automática. Para Ilusión, atildada prosista, pero no dada a cultivar la poesía, apelar al lenguaje poético para corresponder a Fernando, fue un reto sorpresivo que ella logró asumir con un talento creador y una fidelidad emocional sorprendentes. Y fue precisamente la forma de estas misivas lo que vino a justificar que ella aceptara darlas a la publicidad, si bien bajo nombres ficticios. En sus propias palabras, *"Algunos corazones románticos tal vez lean estos poemas y se identifiquen con lo prodigioso e inspirador, aunque también lo complejo y doloroso, que puede llegar a ser el amor..."*

Podríamos decir que el entusiasmo por la poesía los unió, pues, sobretodo en los inicios de su relación, Fernando e Ilusión pasaban largas horas leyendo poemas y comentando acerca de sus autores y los estilos y escuelas de éstos. Más importante aun es que esa afinidad por la lírica los llevó a vaciar poemáticamente toda la riqueza de su amor en sus respectivos diarios íntimos y en los mensajes y epístolas que intercambiaron.

Para ordenar cronológicamente estos poemas - carentes muchos de lugar y fecha - y agruparlos en capítulos, se me hizo imprescindible recurrir a las múltiples notas en que vertí la historia de Ilusión y Fernando, tal como me la narró ella, así como por comentarios de los hijos de Fernando con quienes tuve oportunidad de conversar personalmente en una visita a Río de Janeiro.

De esta forma, el objetivo primordial de esta Introducción -y los textos que acompañan a los poemas de cada capítulo- es precisamente complementar la narración total con datos específicos acerca de lo que ocurrió en la vida de estos dos extraordinarios enamorados, aun cuando cada poema encierra un episodio individual dentro de la unicidad de la obra.

Un total de 150 poemas fueron seleccionados y agrupados en los ocho capítulos que cubren la vida de Fernando e Ilusión a partir del momento en que se conocen, aquella primavera parisina de 1950. Dichos capítulos son:

I. Revelación

II. Alianza

III. Encrucijada

IV. Tormenta

V. Separación

VI. Reencuentro

VII. Elevación

VIII. Despedida

CAPÍTULO I

CUANDO NOS VIMOS POR PRIMERA VEZ,

NO HICIMOS SINO RECORDARNOS...

AUNQUE TE PAREZCA ABSURDO,

YO HE LLORADO

CUANDO TUVE CONCIENCIA

DE MI AMOR HACIA TI,

POR NO HABERTE QUERIDO TODA LA VIDA.

ANTONIO MACHADO,
POETA ESPAÑOL (1875-1939)

Revelación

llamado Amor, cuya maravillosa experiencia, a la que muy pocos escapan, es la que hace fosforecer las miradas y sumir en acongojados desvelos a los adolescentes y adultos de todas las épocas y de todas las etnias de la especie humana. Sabemos que ese sentimiento -¡el amor!- tiene una lejana raíz de mitológica ingenuidad como puede palparse en el Cupido tierno y obediente, acompañante fiel de Venus, y en los *Amores*, esas aladas criaturas del arte romano, que vemos representadas unas veces tañendo liras y otras veces tejiendo diademas de rosas o presidiendo generosas vendimias. *"Amor ¡oh, eterno amor! alma del mundo…"* como diría José Suárez Castiello, el genial poeta asturiano que abrazó a Cuba como segunda patria.

Y fue precisamente esto, el amor, lo que prendió su llama en las almas de Ilusión y Fernando desde que cruzaron la primera mirada y fue, asimismo, lo que los convirtió en inocentes protagonistas de la tormentosa felicidad que los enlazó hasta los últimos instantes de sus vidas, dejando a nuestra disposición una selección de las incontables cartas de amor que intercambiaron hasta la muerte de Fernando en 1987.

Ilusión pertenecía a una familia venezolana de origen franco-suizo, y vivió los primeros 23 años de su vida en la capital, Caracas. Criada en el seno de un hogar conservador, cursó estudios de primaria y secundaria en colegios católicos a cargo de monjas, educación que aceptó resignadamente hasta llegar a la universidad, donde sintió que el mundo real le fue

La historia de Ilusión y Fernando comienza en la primavera de 1950, cuando estos dos jóvenes se descubrieron mutuamente, mientras ambos, por así decirlo, descubrían a París… *"Las ciudades son siempre ciudades, pero París es un mundo…"*, había advertido el monarca Carlos V unos cuatro siglos atrás. Y en esta *"vanguardia occidental del arte, la filosofía, las ciencias y las letras,"* que ha sido París, tuvo lugar el encuentro de estos dos anhelantes corazones. Y a partir de entonces quedó establecida entre ambos una intensa relación sentimental que no lograrían extinguir las adversidades, los celos, los adioses ni las más desgarradoras ausencias.

Podría decirse que en esta relación predominaron, en grandes dosis, todas esas emociones turbadoras que han atraído y estremecido a la pareja humana desde que el mundo es mundo. Ese imán misterioso revelado. Culminó sus estudios de arquitectura y arte y luego de trabajar durante poco más de un año decidió, con el apoyo familiar, irse a París a realizar estudios de postgrado. No dudaba que viviendo en la *Ciudad Luz* tendría oportunidad de codearse con una sociedad más cosmopolita.

Fernando, por su parte, venía de una familia española asentada en Bilbao, capital de la provincia de Vizcaya, a orillas del río Nervión, y hasta su partida para París, con 25 años de edad, vivió en Barcelona. Miembro de una extensa familia, tenía parientes en Sevilla, Munich y Cuba. Y había crecido viajando durante las vacaciones de verano por España y el resto de Europa, y alguna que otra vez, también a Cuba. A diferencia de Ilusión, a pesar de haber estudiado siempre en colegios laicos, el ambiente hogareño profundamente religioso había arraigado en Fernando una fe tan rigurosa que difícilmente decaería.

Desde niña, Ilusión revelaba ya una singular inteligencia: su mirada era limpia y certera, penetrante y serena a la vez. Una línea muy fina posaba una sombra casi imperceptible entre sus breves cejas, revelando su intensidad mental y como anunciando su clara firmeza de carácter. Su perfil, nimbado por una luz indescifrable, le transmitía un aura de juvenil autoridad. En una fotografía de la adolescencia, su labio superior carnoso mostraba un incipiente rictus de voluptuosidad y parecía atesorar un torrente contenido de besos. En otra fotografía, cerca de un iluminado ventanal, su cabello castaño oscuro partido al medio, la orlaba de manera tan regia como si las manos mismas de la aurora la hubiesen acabado de peinar. Tales eran la tersura, la suavidad y el fulgor de aquella cabellera.

En cierta nota, Fernando la celebra así: *"tus hombros seductoramente redondeados y blancos, tu talle largo y esbelto, como calcado de las palmeras reales, y tus piernas que... las hubiera querido poseer la misma Sirena de Laurens para salir del mar y echarse a andar por las arenas a fin de dar celos a la Venus de Maillol..."* Fernando tenía razón. Ilusión era una mujer en verdad bella, dueña a la vez de valiosos atributos literarios y una sensibilidad estética nada común. Cuando yo la conocí, la admiración que sentí por ella no me impidió reconocer su fuerte temperamento, a ratos intransigente, y su inconmovible celo por proteger su independencia de espíritu.

Fernando, por su parte, era de talla mediana y torso robusto, piernas poderosas, cabeza erguida y frente espaciosa. Podía haber remedado la estampa de un guerrero romano y por su natural altivez, la de un rey medieval. Y en contraste con esta estampa, sus ojos lejanos parecían haber aprisionado un inquietante bajorrelieve de aventuras amorosas y melancólicas evocaciones.

Y resultaba de una coincidencia intrigante el hecho de que ambos jóvenes mostraran caracteres igualmente díscolos frente a la disciplina familiar. Los padres de Ilusión trataron inútilmente de iniciarla en estudios magisteriales para seguir los pasos de algunos familiares que habían descollado como profesores universitarios. Pero ella oponía una resistencia inquebrantable a esa profesión. Ella quería ser, antes que todo, escultora... y viajar y estudiar las artes modeladoras maestras de todos los tiempos en los más famosos centros y museos del mundo. En especial los tesoros escultóricos de la antigüedad: Grecia e Italia y todo el pasado helenorromano. Y, después, los de Francia, Alemania, España, Portugal y el resto de Europa así como los de otras culturas contrastantes: Turquía, Japón, el Perú... En su apartamento de París pude admirar, alternando con su amplia biblioteca, numerosas piezas escultóricas y valiosas colecciones de facsímiles, como testimonio de su definida vocación.

En cuanto a Fernando, pude saber que le había ocurrido por igual tenor. Sus padres le dieron una esmerada educación para que tomase un puesto rector en la empresa naviera de la familia. Pero aquel joven voluntarioso escondía su bandera de aventura en el campo literario. Quería ser escritor y lo logró, pues obtuvo en principio una plaza de corresponsal en una conocida revista regional y posteriormente en importantes rotativos madrileños. Finalmente se dedicó a cubrir corresponsalías en el extranjero, destacándose por sus reportajes y ensayos e inclusive por valiosas colaboraciones sobre eventos políticos ocurridos en Europa, Latinoamérica, el norte de África y el Medio Oriente. Además, cultivó la poesía y mantuvo estrecho contacto con destacadas figuras de la literatura hispánica de su tiempo, y algunas de sus composiciones fueron incluidas en importantes antologías poéticas, conforme pude comprobar en textos y documentos a los que tuve acceso.

Los poemas contenidos en este primer capítulo comienzan a partir del momento en que Ilusión y Fernando se conocen en aquella primavera de 1950, y sienten una atracción incontenible. Los primeros cuatro poemas, Paris I, Paris II, El Encuentro I y El Encuentro II, resumen esos momentos mágicos iniciales de su relación.

Paris I

La brisa,
al alba, junto a la íntima fragancia de los jardines
y las mudas hileras de castaños,
parece traer los ecos de las extintas barcarolas
de los bateleros del Sena
y el abejeo actual de El Havre:
lejanos motores en rumor asonante
con las fábricas que despiertan
y el ajetreo de los almacenes.
Y, en densas oleadas,
el familiar aroma
de los *croissants* y del café.

He esperado la salida del sol en esta banca húmeda,
entre canteros florecidos,
al lado del Museo de Rodin
-el creador de El Pensador y El Beso
y los imponentes Monumentos a Víctor Hugo-
Y he esperado aquí la salida del sol
para aferrarme a la puntualidad de una cita
con la muchacha de la sonrisa más luminosa
con que jamás me hayan sonreído
y la mirada más enternecida
con que me hayan mirado jamás.

 -*A las ocho de la mañana*... me dijo anoche.
 -A las 8 en punto... le respondí.

 -*Junto al Museo de Rodin*... me dijo.
 Y yo asentí: -Junto al Museo de Rodin....

 -Pero ¿quién será? Me pregunto ahora...

Las hormigas batallan como enojadas
en torno a un bombón caído entre la hierba húmeda.
Un pajarillo desconocido
(¿será un gorrión francés?)
se ha posado nervioso en mi banca.

¿Será para decirme que ella ya está en camino?

Anoche ella me saludó en francés.
Y yo sólo acerté a decirle en español:
-¡Qué bella eres y cuánto me gustas!
Y en español ella respondió: - *¡Gracias!*...
Y cual ríe una niña en español,
así rompió a reír...

Nos despedimos...
Y entre luces y músicas
y pícaros mohines
también rompió a reír París.

Yo sentía que me había enamorado...
Y que necesitaba filosofar un rato...
Pero vino a mi mente Juliano,
aquel romano firme
que en los tiempos en que París se llamaba Lutecia
exclamó: "...*ciudad ésta que todo lo comprende*
y todo lo perdona...
¡aun la ridiculez de vivir filosofando!"...
y decidí dejar en paz a los filósofos
y retorné a mi buhardilla
y allí me eché a dormir enamorado.

Paris II

Y hoy, jueves, 23 de abril,
estoy aquí, junto al Museo de Rodin.
 Llegué al amanecer,
mucho antes de la hora de la cita
como es deber de un poeta que acaba de enamorarse.
 ¿Vendrá ella?
Me parece que sí... ¡Ella vendrá!
Y, ¡sí! ¡sí viene!
¡Ya veo su risa!
Porque su risa se ve. Nunca se sabe si se oye.
Y veo su falda gris y sus zapatos negros.
Su bufanda cayendo sobre el suéter de grana.
Y la boina que cubre la mitad de su pelo.
Trae dormido en el hombro
un lampo de la aurora parisién.

Fernando

Amanece y ya despierto
con un rayo de luz primaveral sobre mi rostro.
El despertador me arranca de mi ensueño:
¡He conocido a un poeta!
Concertamos cita para hoy.
Temprano, pues tengo clases.
Temprano, porque no lo conozco...
Se llama Fernando, como el de Isabel de Castilla.
Fernando.
Me como un trozo de bagette
untado con fromage de chêvre,
y saboreo mi café au lait
¡y salgo hacia la Rue de Varenne!
El autobús hace su recorrido cotidiano
y voy gozando del circundante panorama.
-¿quién en su sano juicio puede preferir
el túnel lóbrego del Metro?-
Anoche, al conocerme, Fernando sonrió y me dijo:
-¡Qué bella eres y cuánto me gustas!
Reí y pensé... ¡qué zalamero eres!
Me cautivó la frescura de su sonrisa,
la sencillez de su mirada,
su voz:
una voz grave, clara, articulada,
a un tiempo armoniosa y precisa,
e inconfundiblemente familiar...
Accedí a vernos y al encuentro voy,
al Museo de Rodin, mi museo.
Salta mi corazón,
como si estuviera presintiendo a Cupido
rondar mis muros... ¡Debe ser el amor!

Ilusión

El encuentro I

Se fue acercando un cálido perfume.
Al rojo de su suéter de pronto
todo el jardín se abrillantó.
Oí el clamor del lino de su falda
y su bufanda azul buscaba en la brisa
un olvidado diapasón.
La luz sobresaltada propagó mariposas
y el espacio en mi derredor
se fue llenando de suspiros leves:
dolor de tulipanes recién cortados
con esmerada compasión.
Inaudible sollozo de la savia...
¡Sonidos imprevistos del amor!
Sentí los tintineos que en mi sangre
me iban dando los brindis matutinos del sol,
cuando entre un balbuceo de mímicas y mimos
¡ella llegó!

Yo salté a recibirla
-mitad jilguero, mitad león-
y ella resplandeciente
hacia mí riendo voló.
¡París entero estrenaba en su risa
la última canción!

Ni aun el rosal palidecido,
a punto casi de morir sediento,
al recibir de súbito
la andanada de gotas de la lluvia
pudo sentirse la mañana aquella
más feliz que yo.
Después de ahogado en cien naufragios
me vi resucitado entre sus besos,
acribillado todo de alegría y amor,
apretujándola desesperadamente
contra mi corazón.

El gorrioncillo regresó gorjeando
a posarse en la banca.
Todo vibró.
Las hormigas bailaban y cantaban
sobre el bombón.
En la escultura de Rodin -la de El Beso-
cada amante se desmayó.
Y convencido
de que era inútil cavilar
en torno al amor,
El Pensador se cruzó de brazos,
miró a los cielos
y sonrió...
Le pregunté: -"Tienes un nombre, amiga?"
Y respondió:

-*Acabo de nacer. No tengo nombre.*
¡Bautízame, poeta, por favor!
Yo le tapé los ojos con mi mano
y le puse "Ilusión"

Por un postigo del Museo
Rodin apareció.
Sonreía feliz con su barba cuadrada
y su mandil de esquirlas empolvado
y con su cincel esculpía en la brisa
un corazón...

Y sin saber de cierto adónde íbamos
retozando y besándonos,
tomados de la mano,
casi con mitológica fruición,
corrimos a la búsqueda de los mármoles vivos
y los fríos metales,
Ilusión y yo.
¡Y Rodin continuaba cincelando en la brisa
un corazón!

            Fernando

El encuentro II

Me fui acercando poco a poco...
recelosa y romántica a la vez...
El corazón latiendo cargado de preguntas...
¿Un poeta al acecho de mi amor?
¿El amor en la esquina de mi vida
apasionado y conquistador?
¿O acaso como suele pasar veces y veces
es sólo un redomado picaflor?
Ya observo su silueta
¡y parece un galán encantador!
No sé si trae dolor o amor
pero, de todos modos,
vida ¡qué bella eres!
Y para mi fortuna o mi desdicha
¡vida, a tu encuentro voy!

El corrió a recibirme
con tanto regocijo...
que yo instintivamente abrí mis brazos,
lo saludé como quien saludase
a un viejo amigo de la infancia
y él conmovido me abrazó.

Y me besó con tal vehemencia,
casi con desesperación,
tan repentinamente
que sorprendida demandé:
- ¿Me has confundido acaso con otro amor?
¿A qué se debe tu alegría
y tu emoción?

Me besaba la frente, las mejillas, los labios,
con alegría y ansias a la vez.
Reía como un niño
y me abrazaba tan estrechamente
que en tal supremo instante
¡cerré los ojos y también lo besé!

De súbito,
-¿quién eres? pregunté.

- Soy como un ave migratoria, -contestó-
que tal vez hace ya siglos su vuelo comenzó;
no sé de dónde vengo, pero sí a dónde voy
y ¡bendita seas, vida! frente al destino estoy...

Me preguntó mi nombre.
y anonadada le respondí:
-Acabo de nacer... No tengo nombre...
¡Bautízame, poeta , por favor!
Apenas sin pensarlo respondió:
-¡Ilusión!¡Ilusión!

Abriéronse las puertas del Museo,
y alegremente entramos
al templo augusto de Rodin.
Tomados de la mano
como novios de antaño
sus maravillas a admirar,
y devorándose con los ojos,
su corazón y el mío
¡no sabían si hablar o si soñar!

Ilusión

Al momento de conocerse, Ilusión completaba estudios de Historia del Arte y Arqueología en la Universidad de La Sorbona. Fernando, por su parte, adelantaba su maestría en Ciencia Política, en la misma Universidad, y escribía artículos de opinión para el diario barcelonés El Mundo, reportando los eventos trascendentales que a la sazón acontecían en Europa; en particular, el nacimiento de la Organización Europea de Cooperación Económica (OCDE) y la Unión Aduanera Europea, precursoras del Mercado Común Europeo, que eventualmente evolucionaría hasta convertirse en la Unión Europea de hoy en día.

En medio de sus ocupaciones y estudios, los días y las noches no les regalaban horas suficientes a Ilusión y Fernando para sus interminables conversaciones y veladas. Fernando poseía una vasta biblioteca. Y de una hermosa edición de Paul Cézanne con impresiones a todo color de sus óleos Portrait d´Achille Empéraire y Portrait de l´artiste -entre muchas otras creaciones del famoso impresionista francés- pasaban a la recitación de selectos poemas de El Alma de Rumi y a la lectura y meditación del Libro de Tobit del Antiguo Testamento; y a Víctor Hugo, Verlaine, Rabindranath Tagore, Giovanni Papini, Julio Camba -para reír a mandíbula batiente- Rubén Darío, Amado Nervo, García Lorca y primicias de Luis Cernuda, y diversas antologías poéticas y ¡versos… versos… versos! Y cancioneros antiguos y modernos, y ¡música… música... música! hasta lo infinito. De súbito, entraban en el mundo de lo arcano con Nino Salvaneschi: cá-

bala, pirámides, milagros, exorcismos, profecías... Y saltaban entonces al mundo de la ciencia de Huxley y Alexis Carrel -¡qué experiencia la de su Viaje a Lourdes! Y volvían a Keats y a Whitman. Y agotaban su desvelo con el sabio cura Jaime Balmes y su crítica a cuantos filósofos eran conocidos hasta los días en que escribió su Historia de la Filosofía. En suma, Ilusión y Fernando estudiaron, leyeron, declamaron, cantaron y soñaron hasta la cima misma del éxtasis durante aquella gloriosa primavera de su amor.

Le pedí a Ilusión que identificara algún poema o reflexión –de cuantas páginas bellas habían leído juntos ella y Fernando- con especial significado para ella. Me respondió que eran incontables; pero, sin vacilar, miró al cielo fijamente y comenzó a recitar con voz enternecida aquel Deseo inolvidable de Víctor Hugo, que cierra con la siguiente estrofa:

> *"Te deseo, en fin, si eres hombre*
> *que te acompañe una buena mujer.*
> *Y si eres mujer que tengas un buen hombre.*
> *Y que ambos se sientan felices cada mañana*
> *y al día siguiente.*
> *Y que cuando ambos ya queden exhaustos*
> *¡sonrían…*
> *y hablen de nuevo sobre el amor*
> *para recomenzar la dicha ya vivida!"*

Los doce poemas que a continuación se presentan surgen en los meses que siguieron al Encuentro descrito por ambos, y durante los cuales el enamoramiento de Ilusión y Fernando creció a pasos de llamaradas.

Primer brindis

De un afecto repentino
que hoy navega viento en popa,
habla al fondo de esta copa
una fiel gota de vino.

No dudes tú que el destino
-aunque ni te lo imagines-
persiguiendo ocultos fines,
buscó ¡qué grata sorpresa!
reunir en la misma mesa
dos corazones afines.

Fernando

A ti, Ilusión

Eres ebria de luna entre mis velas,
brisa que abate mástiles de llanto:
vencedora triunfal del desencanto
que clava en mis ijares sus espuelas...

Más que el ígneo relámpago tú vuelas
abriendo sombras con tal áureo encanto
que en ti y en mí contemplo sin espanto
fantasmas de locuras paralelas...

Bajas alegre por mis sinsabores,
fontanera del pozo de mi vida,
con tus enseres de alas y de flores.

Arco iris sin punto de partida
¡vaciando en mí su enjambre de colores
cual lanza audaz clavada sin herida!

Fernando

Un poema para ti

Quiero escribir poemas que hablen del amor:
amor que canta y clama su ardor y devoción;
amor que es vida, aliento, fuente, luz y manjar:
¡amor que exalta a un tiempo victoria y humildad!
Amor como el que tú, amor mío, me has dado,
¡por el que cada día despierto suspirando!

Ilusión

Desconocido ausente

¡Qué paradoja extrañarte
sin saber de tu existencia!
Y, sin conocer tu ausencia,
¡qué gran milagro encontrarte!

Mi estrella ha sido tu arte;
el verso, mi oculta esencia...
de ahí que al oír tu elocuencia,
fue casi un mandato amarte.

¡Qué afortunada me siento,
y aun más si tú estás contento
en darme tu amistad pura!

Hemos escrito un soneto
y compartido en secreto
la intención de una locura...

Ilusión

Amiga

Amiga: ¡cuántas cosas bonitas tú me dices!
Eres –deja que en íntimo coloquio te lo diga-
bálsamo para las más ocultas cicatrices
y elíxir milagroso para cada fatiga...

De ahí que mi pensamiento paso a paso te siga
-meteorito que cumple cósmicas directrices-
No importa que incendiarte su fuego no consiga
si esparce por tus cielos luciérnagas felices...

Tal vez no imaginaste nunca que, poco a poco,
lograran a su modo dos tristes corazones:
el de la niña indómita y el del poeta loco,

rescatar de las sombras de sus propios olvidos
-echando a volar nuevas palomas de ilusiones-
¡las baladas azules de los sueños perdidos!

Fernando

Ecos

Mi Fernando querido...
Que te digo bonitas cosas ¿piensas?
¿Yo?
¿Sabe acaso la ola de la espuma que crea?
¿Sabe acaso el suspiro del aire que dispersa?

Mi voz es como el eco fiel de tu melodía
y espejo involuntario de tu furtiva huella.
Y es la lágrima hermana de tu melancolía
y es tu risa que ríe con mi alegría fresca.

Pero, igual que en la fábula, se ha vuelto esa alegría
Cenicienta en la mágica calabaza que vuela,
mientras la luna llena mira en su reloj cósmico
cómo mi medianoche paso a paso se acerca....

Ilusión

Desde la roca

Te contemplo flotando como un jazmín errante
en un mar que te envuelve ciego y embravecido.
Pero no desfallezcas. ¡Animo y adelante!
¡Que no te venza el miedo de lo desconocido!

Sé que no llevas brújula, ni mapas, ni sextante
y es la fe el ancla única que tu amor no ha perdido...
¡Pero esa fe disipa la visión vacilante
cuando fijas los ojos en el faro encendido!

Sé que ha sido muy ardua tu osada travesía;
que tus brazos heroicos pueden moverse apenas
y has visto obscuros monstruos rondarte noche y
día...

¡Mas ya llegaste! ¡Mira qué alegres los sargazos!
¡Danzan velas y jarcias y cantan las cadenas!
¡Y el farero anhelante se desmaya en tus brazos!

Fernando

Más sobre París y nuestro amor

Yo no compartía la fascinación por París de muchos,
incluyendo a Ilusión...
Aún más, estaba interesado en mis estudios...
pero nunca me gustó Francia.
Y aun menos los franceses...
que siempre me parecieron jactanciosos, ególatras...
y demasiado enolófilos y queseros.

Sin embargo, siempre he sentido una profunda
admiración por sus poetas y escritores, porque estos
virtuosos son -en todos los meridianos de la tierra-
los operarios de la Belleza
y la Belleza es la sonrisa misma de Dios.
Y Francia los ha tenido definitivamente excelsos.

De ahí que recuerde y ame, con el candor de mis años
de estudiante, a los cultivadores de ese lenguaje mu-
sical y gratamente ronroneante que clava sus raíces,
muchos siglos atrás, en el habla septentrional de oïl
florecida en la isla de Francia...
Y aquellos juglares de los viejos cantares de gesta,
exaltadores fieles de Carlomagno y Roldán y Oliveros.
Y los poetas de los cantares caballerescos.
Y los bardos de La Canción de Rolando.
Y los del Rey Artús y los Caballeros
de la Tabla Redonda y el Santo Grial.
Y los vates idílicos de Flor y Blancaflor y Nicolette.
Y los líricos como Rutefeuf.
Y los críticos como Jean Froissat.
Y todas las voces de la Pléiade y del Renacimiento...
Y los devotos de los misterios.Y Pierre de Ronsard,
Du Bellay y Daurat.

Y los cultivadores de las Baladas y los Rondós.
Y los primeros sonetistas.
Y los poetas nacidos de la Academia Francesa
que fundó Richelieu.

Y hasta los geniales iconoclastas
Voltaire, Rousseau, Diderot, D´Alembert.
Y Moliere y Beaumarchais. Y Madame Stäel
y Chateaubriand y Lamartine.
Y Andre Chenier y el horrible Marquès de Sade...
Y Alfredo de Vigny.
Y el gigantesco Víctor Hugo,
cuyos *Trabajadores del Mar* y *Los Miserables*
y *El 93* arremolinaron mi adolescencia...
y Aloysius Bertrand, La Fontaine, Zola
¿recuerdas su *Vientre de París*?
Y Maupassant, Duded, Verne, Dumas, Renán,
Rimbaud y Mallarmé.
Y Anatole France y Richepin con su bohemia
Canción de los Vagos.
Y Laforgue, Moréas, Samain.
Y Loti, Prevost y Leconte de Lisle.
Y de Heredia, Baudelaire, Flaubert, Verlaine.
Y Claudel, Valery y Gide y Proust y Sartre y Camus...

¿A qué seguir? En verdad, hoy pienso que con esta
avalancha de plumas insignes bien pueden los hijos
de cualquier país darse el lujo de elevar hasta el
Everest su pesantez y sus majaderías...

Pero he querido, mi amada Ilusión, confiarte
el secreto de mi pasada aversión a los franceses,
para entonces poder confesarte que,
desde hace tres días,
por haberme regalado París el lis de tu vida,
yo estoy echando a un lado mi acritud española
y entre quesos y vinos, y transeúntes iracundos
y doradas bellezas, he pasado a brindar por la Francia
inmortal incluyendo a sus más insoportables hijos.

¡Viva Francia! ¡Arriba los franceses!

Anoche te besé a plenitud...
Fue en el banco de un parque
cuyo nombre no acertaría a pronunciar
por sus tantas erres y eses y apóstrofos...
Pero recuerdo que las llamas de tu aliento y el mío
volaron enloquecidas a todo lo largo del sensual
espinazo que parte la ciudad en dos,
electrizando todas las líquidas vértebras del Sena...
La Torre de Eiffel, en la margen izquierda del río,
se apagó y se encendió súbitamente,
como dedicando un relampagueante ¡hurra! a las
travesuras del dios Cupido,
padrecillo alado de la voluptuosidad...

Y después de ese beso, bajo el desmayo de la luna,
soñamos... soñamos un sueño... ¡un sueño del que
nunca, nunca, hubiera valido la pena despertar!

Fernando

Audacia

Tímidamente me he acercado a ti
con miedo y ansias a la misma vez,
hechizo de la ingenua insensatez
que locamente me arrastró hasta aquí.

Avanzo por parajes encantados
siendo mi cicerone el embeleso
y el eco ardiente de un fortuito beso
marcándome senderos ignorados.

Conquisto alegre el tiempo y la distancia
hasta llegar a la secreta estancia
donde consigo a solas encontrarte...

¡Y qué alegría cuando logro así
bañar la audacia de mi frenesí
en la luz de tus musas y tu arte!

Ilusión

23

Enamorado

En cada verso mío te lo digo
y te lo dice a gritos mi mirada...
Y lo repito receloso cada
vez que miento al decir que soy tu amigo.

No amigo... ¡soy tu amor! Tengo un testigo
azul: el mar... Y una testigo alada:
la estrella fiel que en tu balcón posada
me escucha a solas dialogar contigo.

Y lo que digo y seguiré diciendo
y escucharás mil veces repetido,
es que con tal pasión te estoy queriendo

y con locura tal me has fascinado
que aun renuente a admitir que he enloquecido
confieso algo peor: ¡Me he enamorado!

Fernando

Es a mí...

Me ha confesado estar enamorado
-¿De quién será?- le he preguntado ansiosa...
soñando oír, feliz y vanidosa,
lo que mi corazón ya ha saboreado.

Emocionada su palabra espero
mientras conjuro toda voz adversa
y alguna duda del ayer, perversa,
que alce su maleficio en mi sendero.

Un mar de sombras cruza mi navío.
Mas -¡qué feliz!- para consuelo mío
mis ojos hallan el primer lucero...

Y así fue que, venciendo mi ansiedad,
oí en medio de la oscuridad
su voz diciéndome, "¡es a ti a quien quiero!"

Ilusión

Mi flor de Venezuela

Arde mi fiel pasión hispana
por una flor de Venezuela:
una mujer que encierra todas
las maravillas de su tierra.
La vasta latitud del llano
- le dio su íntima entereza-
Los montes de la costa andina:
-nidos, espuma, brisas, fuerza,
aromas y cantares y alas-
su corazón me los recuerda...

De Lara y de Falcón, inmóviles,
las serranías opulentas
les dan guirnaldas a sus brazos
y firmes lianas a sus piernas.
Sus formas sólidas evocan
la cordillera audaz de Mérida
y el cerro inmenso de Bolívar
por ella sube a las estrellas.
El Orinoco parimeño
toma los rumbos de sus venas
para saciar las sequedades
mudas y arcaicas de la tierra.
Y copia de su pecho grácil
la hidrografía de su delta
en su sed loca de salinas
que en el Atlántico se abreva.

La luna sabe de mi idilio
y al Catatumbo se lo cuenta
y en el lago de Maracaibo
lo cuentan raudas las luciérnagas...
Y en el Arauca los barqueros
su nombre escriben en las velas
y ya mi flor es conocida
hasta en el lago de Valencia.

Todas las arpas de mi pecho,
todas los cuatros de mi lengua
¡no alcanzarían a pulsar
un canto justo a la belleza,
y la pasión y la ternura
que hay en Mi flor de Venezuela!

Fernando

CAPÍTULO II

SI EL CIELO CON TODAS SUS ESTRELLAS

Y EL MUNDO CON TODAS SUS RIQUEZAS

FUERAN MÍOS, ALGO MÁS PEDIRÍA...

PERO SI ELLA FUERA MÍA,

ME CONTENTARÍA CON UN RINCÓN, EL

MÁS PEQUEÑO DE LA TIERRA.

RABINDRANATH TAGORE,
POETA HINDÚ (1861-1941)

Alianza

Al poco tiempo de haberse conocido, Ilusión y Fernando contrajeron matrimonio en una capillita parisina. Cuando iban rumbo al templo, Ilusión recordaba las suntuosas bodas a las que había asistido en Caracas. La suya iba a ser distinta. Pero su felicidad de seguro que no tendría nada que envidiar a la dicha nupcial de tantas amigas y parientas a cuyas bodas había asistido. Estos jóvenes enamorados casaron de la manera más sencilla imaginable, pero no por ello, en los anales de Eros, menos gloriosa. Un total de dieciséis poemas forman parte de este segundo capítulo de la relación entre Ilusión y Fernando, identificado como Alianza, por cubrir las nupcias de ellos y una de las etapas más candorosas de su vibrante relación.

Las nupcias I

Arrabal de París. Una iglesita
que huele a incienso fresco y azucenas.
Arde un cirio. Y absorta en sus novenas
la silueta espectral de una monjita.

Fray Louis, que ya arregló nuestra visita,
nos ha de bendecir a manos llenas
para –venciendo escrúpulos y penas–
¡salir casados de esta santa cita!

Ilusión, linda como un ángel blanco,
mi tosca mano entre las suyas toma
y aguardamos nerviosos en el banco...

Y a nuestros ojos traen celestes brillos
la Epístola... Gounod... y la Paloma
que bajó a bendecir nuestros anillos.

Fernando

Las nupcias II

Fue una limpia mañana de verano.
París azul. Y engalanada yo
con mi bouquet de nardos,
en medio del cortejo único
de los suspiros y de las sonrisas,
y alguna lágrima escapada...
Entramos en la quieta capillita.
Decidimos casarnos.
¡Nadie, en verdad, lo hubiese imaginado!
Sin invitados ni tarjetas.
Pero con nuestra propia fiesta de alegría,
de la marcha nupcial a los acordes.
Celebración de dos. De sólo dos:
¡Nuestros enamorados corazones!

Ilusión

Como podría esperarse, los poemas de esta etapa inicial de la relación de Ilusión y Fernando rebosan romanticismo e inocente sensualidad. Durante los primeros años, el matrimonio los colmó de experiencias felices y gozosos hallazgos, perturbados solamente por la pérdida de dos embarazos dentro de los primeros meses de gestación. A pesar de la tristeza que los invadió en esas ocasiones, tuvieron el consuelo de recibir el dictamen médico de que estos espontáneos abortos no habían sido causados por hechos vinculados irreversiblemente a las condiciones de salud de Ilusión. Nada, pues, en tal sentido, debía impedir que ella lograra en lo futuro la fortuna inefable de una maternidad feliz. Esto, sin duda, devolvió a ambos la paz y la esperanza de llegar a ser padres un día.

Una vez más le pedí a Ilusión que me citara uno de sus poemas favoritos, pero esta vez, uno de especial significado para Fernando. El poema seleccionado por Ilusión lo transcribo en su totalidad por haber sido no sólo uno de los poemas favoritos de Fernando, sino además uno que él le recitó de memoria muchas veces. De Amado Nervo, *Los Dos*:

"*¡Complacencia de mis ojos,*
lujo de mi corazón,
galardón
de mis dulces días tristes,
luz que vistes
mis harapos de ilusión!

Tú que te llamas de todos
los modos;
tú que me amas
por la rubia y la morena,
por la fría y por la ardiente:
tú, llorosa, sonriente,
mala, buena,
según es la dirección
y el rumbo de mis antojos:
¡complacencia de mis ojos,
lujo de mi corazón!

¡No te apartes de mi vera!
¡Muere tú cuando yo muera!
Llévete yo, pues te traje...
Fuiste noble compañera
de viaje...

Rimemos nuestros destinos
para todos los caminos
futuros, que a mi entender
habremos de recorrer
por lo inmenso del Arcano;
¡y vayamos por la muerte de la mano,
como fuimos por la vida: sin temer!"

A medida que recitaba este poema, la voz de Ilusión se fue cerrando como una cortina de pétalos... Quedó inmóvil. Del brillo de sus ojos rodaron dos largas lágrimas. Tomó mi mano y la comprimió con toda la fuerza de su silencio, al tiempo que cerraba sus ojos y exhalaba un profundo suspiro. Después abrió los ojos y sonrió, iluminada por el lucero del amor.

Es oportuno mencionar que al tiempo que su romanticismo no conocía límites, Fernando contaba igualmente con tal sentido del humor que a menudo hacia estallar en carcajadas a Ilusión. Ésta atribuía tan raigal vena de jocosidad a los bisabuelos maternos de Fernando, nacidos andaluces de pura cepa. Fernando, ahogado de risa, asentía con franco orgullo vizcaíno, no pretendiendo soslayar en modo alguno tan feliz abolengo calé. Y haciendo gala de tal humor, iba repitiendo al pie de la letra coplas bien agudas o regocijados epigramas de Vital Aza o de Quevedo, algunos de ellos de inconfesable picardía. El, por su cuenta, improvisaba otros capaces de sonrojar a cualquier vecino serio. *"Su inagotable y diverso ingenio me maravillaba,"* me explicó Ilusión con vanidoso regocijo.

Recordaba también Ilusión que Fernando a veces desplayaba su confianza con ella tildándola de *caprichosa... terca... y testaruda...* A lo que ella asentía noblemente, pero sustituyendo esos adjetivos por otros como *firme... perseverante... bien centrada.* En efecto, la raíz de este juego de palabras había que buscarla en una cualidad del carácter de Ilusión, que desde pequeña distinguía con facilidad lo que le agradaba de aquello que no toleraba, acogiendo lo que identificaba como de su interés y rechazando lo que entendía que era una lastimosa pérdida de tiempo. Sin embargo, si en alguna ocasión Ilusión sintió que su actitud transgredía la acostumbrada delicadeza de su trato a Fernando, de inmediato le pedía excusas y se apresuraba, a punta de mimos, a atajar las protestas de su amado.

Tu piel I

Tu piel es una rosa florecida
al soplo de tu sangre enamorada,
con su corola tímida apurada
por sorber el rocío de la vida.

Cuando mi sed la busca enfebrecida
y mis besos la dejan extasiada,
tu piel se torna viva llamarada
de una voracidad desconocida.

Quiero en tu piel arrellanarme muerto
-ataúd delicioso de azucenas-
mas conservando el corazón despierto

para sentir, en pulsaciones llenas,
¡cómo confluyen en mi pecho abierto
los caminos azules de tus venas!

Fernando

Dueña al fin

Gracias por consentirme a tu manera:
cada una de tus rosas es hermosa de veras
pues no sólo atesora su indescifrable esencia
sino la galanura de aquél que me la entrega.

Gracias por consentirme con tus poemas:
tu numen es tan dulce como la miel de abejas,
y ávidos mis oídos de escucharte se celan,
quieren para ellos solos la voz de tus quimeras.

Gracias por consentirme con sorpresas:
mi espíritu despierta con las locuras éstas
y goza como un niño que sus miedos silencia
asomado a la magia de alguna nana nueva.

Y, así, la niña tímida que era a este mundo ajena
creó una nueva historia con visos de leyenda
de ese amor imposible que toda niña anhela
y del que tú la has hecho definitiva dueña.

Ilusión

Mía

Mi corazón te inventa nombres bellos
aunque el que te pusieron es una maravilla.
Pero... por esas cosas del corazón...el mío
te pone un nombre nuevo cada día.
Busco nombres de flores, busco nombres de estrellas,
de cosas misteriosas y de cosas sencillas.
Pero ninguno de ellos me hace feliz, pues sueño
con un nombre tan íntimo...
¡que sólo yo lo sepa y te lo diga!
Por eso he decidido borrar todos tus nombres.
Te quiero innominada y que mi corazón,
imaginándote recién nacida,
al bautizarte ponga entre tus labios
gotas de miel y no granos de sal
y ante una rosa abierta
como bautismal pila,
que tu Ángel de la Guarda derrame en tu cabeza
tu divina porción de agua bendita.

Y que después me diga complacido:
"Todo pasado nombre olvida...
Voy a ponerle un nombre tan solamente tuyo
que en él sólo tus ansias posesorias confluyan:
...desde hoy llámala ¡Mía!
¡para que sea solamente tuya!"

Fernando

Cómo te quiero

Te quiero como...
la niña quiere al Ángel Guardián desde su infancia,
a quien feliz le reza cada noche en su estancia
y al que ve en la ternura de cada corazón
y en los ojos del prójimo llenos de compasión.

Te quiero como...
la novia al primer novio del que quedó prendada;
que le dio el primer beso al conjuro de un hada
y le obsequió aquel libro en que aprendió a tejer
y, aún siendo niña, le hizo sentir que era mujer.

Te quiero como...
la mujer que ama al hombre que exhalta sus vehemencias
y de halagos le llena vacíos y carencias,
con compasión a veces, y siempre con candor,
al toque de la mágica varita del amor.

Ilusión

Un buen día, la sabiduría de la luna y el vientre de Ilusión anunciaron de nuevo a la legendaria cigüeña de París. Y esta vez con el claro propósito de hacer entrega, en forma y tiempo, de una hermosa criatura. Así, este embarazo de Ilusión abrió un nuevo paréntesis de esperanza y júbilo en la vida de la joven pareja.

El niño de las liras

De su fusión dos liras han creado
una canción final con faz de niño
y el niño a cada lira le hace un guiño:
heraldo fiel de un beso anticipado.

Gracia suprema la del don de amar;
colmados ambos de ígneos embelesos
logran así con lágrimas y besos
la rosa de su carne perpetuar.

Al darte a conocer la gran primicia
con júbilo acogiste la noticia
¡y fue tu voz grito, eclosión, convite!

Y reíste y lloraste conmovido...
¡porque un hijo es un ángel concebido
cuyo espíritu nunca se repite!

Ilusión

Desde París
los cielos ha cruzado

Desde París los cielos ha cruzado
con su carga de sueños la cigüeña.
Le hicieron los rosales una seña
y entró en nuestro castillo enamorado...

Tú, luminosa, te has incorporado
a abrazar al jazmín que tu alma sueña,
que llora ansioso y en libar se empeña
-como un zúnzún- de tu pezón rosado.

Su Ángel Guardián lo vela complacido,
mientras tú y yo buscamos con gran celo
un nombre... -¿cuál?- para el recién nacido.

... Y el Ángel mira al Cielo, señalando:
¿Véis qué feliz sonríe allí el abuelo?
Pues a llamarlo como él...¡Armando!"

Fernando

Tú... Anoche... Y vestida de lila

Tú... con el codo en la mesa
y tu mano en la mejilla...
¡eras toda una chiquilla
apasionada y traviesa!
¡Quién pudiera siempre en esa
pose verte frente a frente,
derramada por tu frente
la ardorosa cabellera!
¡Quién pudiera, quién pudiera
tenerte así eternamente!

Sentir cómo tu mirada
es a un tiempo beso y grito:
¡susurro hablado y escrito
de paloma enamorada!
Y en tu faz iluminada
¡lágrimas de sol y brisa!
mientras tu aroma me avisa,
en un contacto sutil,
que traes todo el mes de abril
prisionero en tu sonrisa!

Del porvenir... no sé nada...
¡No; nada sé... ni me importa!
Que ahora tu amor me transporta
a una dimensión sagrada.
Se te escondió enamorada
la luna en cada pupila...
Y el pasado se aniquila
ante un hoy comprometido
con tu amor, de alas vestido,
¡y tú vestida de lila!

Fernando

¿Qué mujer no ha soñado?

¿Qué mujer no ha soñado
sentir de su héroe el corazón
cincelando en el mármol de su ensueño
su promesa de amor?

¿Qué mujer no ha soñado
merecer los elogios de su conquistador
y ser el inefable objeto
de su veneración?

¿Qué mujer no ha soñado
complacer al poeta que la hechizó
y caer en sus brazos
deslumbrada por su fulgor?

Tú, que eres de mi vida la razón,
la suma de mis sueños,
mi héroe, mi poeta, mi conquistador.
¡Quiero ser tu castillo
y el más sonoro acento de tu lira!
¡Y quiero ser la torre
que tu amorosa audacia conquistó!

¡Y ser de tu campana enamorada
el badajo repicador!
¡Quiero ser tu remanso,
y el espejo de tu visión!

Y es que en el territorio de mis sueños
no queda ni un rincón
donde tu poesía no haya izado
su bandera de amor.

Ilusión

Vamos... Despierta, amor...

-Vamos... despierta, Amor... ¡Llegó la aurora!
¡Abre esos ojos lindos! ¡Date prisa!
Hay cielo limpio y deliciosa brisa...
-¡Ay, no... mi amor! ¡Llámame en media hora!

-Muy bien, mi amor, cierra los ojos...Pero
en media hora en punto he de llamarte
 y sin piedad tendré que despertarte.
a pesar de lo mucho que te quiero.

Con un careo así cada mañana
despierto a esta beldad venezolana
para que empiece a tiempo su rutina.

Y pongo en despertarla tanto empeño
que a mí, al final, es a quien hunde el sueño
en una larga siesta matutina.

Fernando

Decima I

Amor, cuéntame la historia
que te ocurrió aquella tarde
que cual llamarada arde
y se yergue en tu memoria.
¡Qué ilusión y cuánta gloria
en tus dieciséis abriles,
en que los puros añiles
del mar y del ancho cielo
dieron alas de oro al vuelo
de tus sueños juveniles.

Ilusión y Fernando (alternando versos)

En su afán por ayudar a Ilusión a aprender las reglas de la preceptiva poética, Fernando la retaba a improvisar con él versos para crear poemas de características específicas como la siguiente décima (cuyos versos riman en consonancia abbaaccddc):

Fernando también compuso alguno que otro poema que aludía a tradiciones o vocablos típicos venezolanos, como esta ocurrente décima a las cotufas que no son otra cosa que palomitas o rositas de maíz, también conocidas como crispetas y canchitas.

La cotufa

Tras de tostarla en mi estufa
te tengo que confesar
¡cuánto gozo al saborear
la crepitante Cotufa!

Si tu hambre en el cine bufa
y al bufar lo hace tan duro
que hasta te ciega... te juro...
si de cotufas te llenas
¡qué bien verás las escenas
en medio del cine oscuro!

Fernando

Regresando siempre a su fibra romántica, como en el siguiente poema, Fernando le escribe a Ilusión:

Tu piel II

Tu piel, amor, es del frescor lozano
de una camelia dueña de la aurora
en cuya tersa juventud aflora
el pulso errante de un volcán lejano.

Sobre ella, al alba, ansiosa va mi mano
a libar el elixir que atesora
antes que a su fragancia tentadora
un colibrí se acerque más temprano.

Tu piel y mi pasión han coincidido
en ser esclavos de la misma suerte
bajo la sombra de un sensual olvido.

Y así tu piel, cual mágica envoltura,
¡me da al cubrirme, al borde de la muerte,
tálamo ardiente y tibia sepultura!

Fernando

Tête-a-tête

(mientras saboreábamos una rica taza de café)

-Te quiero

-Y yo por ti de amor me muero

-Fernando ¡qué maravilloso eres!

-¡Y tú, Ilusión, eres la más hermosa
y más sentimental de las mujeres!

-Y yo, qué, afortunada soy
por la simple razón de conocerte...

-Y yo, Ilusión, ¡con qué alegría en mi tristeza voy
porque cuando más triste estoy
consigo verte!

-Podría congelarse de norte a sur el mundo
en este instante de éxtasis profundo
y te juro que no lo advertiría...

-Y si así fuera, dime, amada mía,
-pero séme sincera-
¿tu amor acaso se congelaría?

-Piensa un instante, te lo ruego
¿acaso has visto congelarse el fuego?

-¿Es que tanto me quieres, Ilusión?

-Sí... Como sólo se ama una vez en la vida:
¡Con el corazón preso! ¡Con el alma rendida!
Por eso te lo ruego:
¡amémonos, amémonos! Y luego
regalémosle al mundo áspero y descreído
un poco de este amor, ya que tanto ha crecido...

-Lo siento, vida mía...
¿Regalar de esta dicha tuya y mía
un ápice siquiera?
¡Imposible, Ilusión! Eso sería
como querer talar la primavera,
o intentar profanar la poesía.

(Cayó el telón. Sonó un beso profundo.
Afuera quedó el mundo.
Y dentro, corazón a corazón,
se quedaron besándose y soñando,
Fernando
e Ilusión)

¡Verdad que sí!

Mi novia y yo terminamos
cada idílica jornada
carcajada a carcajada
con chistes que intercambiamos.
De este modo confirmamos
que entre ella y yo no hay quebranto,
ni existe el tedio ni el llanto,
ni la angustia ni la prisa
¡pues con besos y con risa
no puede haber desencanto!

Fernando

CAPÍTULO III

RUISEÑOR QUE VOLANDO VAS,

CANTANDO FINEZAS,

CANTANDO FAVORES,

¡OH, CUÁNTA PENA Y ENVIDIA ME DAS!

PERO NO, QUE SI HOY CANTAS AMORES,

TÚ TENDRÁS CELOS Y TÚ LLORARÁS.

PEDRO CALDERÓN DE LA BARCA,
POETA ESPAÑOL (1600-1681)

Encrucijada

El nacimiento de la esperada criatura, su pequeño llanto, su cuna, sus peluches y las coloreadas marugas, y el bautizo con lino y encajes blancos, fueron triunfales jalones de la alegría familiar.

Pero -¡ay!- la muerte, rapiñadora y vil, de pronto aleteó sobre la sorprendida cuna mientras el bebé dormía. Los médicos sólo explicaron su muerte como un accidente respiratorio que no dejó evidencia física suficiente como para que en una autopsia se pudiese establecer su origen.

Semejante tragedia[1], inimaginable para cualquier padre o madre, hurtó -como un ladrón al acecho- los sueños dulcemente acariciados por Ilusión y Fernando, dejando tras de sí una devastación moral irreparable y una secuela de remordimientos y dudas insidiosas.

La cuna de Isabella, como fue bautizada la hija de Ilusión y Fernando, así como las almas de ellos dos, se llenaron de sombras... Ambos llevaban en los labios el reproche de Rubén Darío en su soneto a Margarita: "¡La Muerte, la celosa!" Y la herida mortal de "la celosa" quedó abierta para toda la vida en sus corazones.

[1] Hoy conocida como el "Síndrome de Muerte Súbita," carece de fundamento definitivo que justifique su ocurrencia, a pesar de que presenta una incidencia de uno en cada 300 a 350 bebés de dos semanas a un año de nacidos. Se ha dicho que puede estar relacionado con la posición en que duerme el bebé, o cómo se arropa o viste, o cómo es alimentado antes de dormir.

Sueño roto

Mi entraña desgarrada lanzó un grito,
y en ti arrancó ese grito horror y llanto,
al malograrse el maternal encanto
que dio al amor su florecer bendito.

El viaje al cielo no se hizo esperar
y dos querubes de auroral semblante
entre una lluvia de oro centelleante
llevan la niña a su celeste hogar.

La miré fijo... fue un instante apenas:
sus manos... dos nevadas azucenas.
Dos luceros dormidos en sus ojos...

Guardo el recuerdo de los dos querubes
llevándose mi amor entre las nubes
¡y yo, llorando mi dolor de hinojos!

Ilusión

Los días, con lágrimas mal contenidas y sonrisas entrecortadas, fueron pasando. E inicialmente, esa silenciosa congoja estrechó la unión del joven matrimonio que sentía que sólo ellos dos podrían compartir aquella pena. Para Ilusión, la fatalidad de perder a su hija tuvo repercusiones doblemente crueles, pues tanto física como psíquicamente quedó incapacitada para volver a concebir.

-*"Mi vientre enlutó para siempre."* llegó a decirme.

No era sólo la muerte de Isabella, recordemos que Ilusión había perdido otros dos embarazos. Y ante estas tres pérdidas, seres tan sensibles como Ilusión y Fernando pudieron muy bien haber hecho suya la conocida exclamación del poeta latino Publio Siro, *"¡Los seres humanos mueren tantas veces como pierden a cada uno de los suyos!"*

Fueron días tristes y noches desoladas en que, a pesar de estar sentados uno junto al otro, tomados de la mano, apenas si se hablaban, o hablaban a solas, en ese rumiar incontrolable del pensamiento cuando se pierde en el abismo interior del desencanto.

Al mismo tiempo, la fe católica enraizada de Fernando conmovía por su sinceridad a Ilusión, que siempre había sido más escéptica, pero esa fé llegó a brindar a ambos un refugio de consuelo y paz para su dolor.

Una noche, al retirarse a dormir, Fernando detuvo a Ilusión, tomó su voluminosa Biblia y la invitó a leer en voz alta algunos versículos del libro de Job, aquel buen hombre cuya fe en Dios había sido sometida a muy duras pruebas. Sin aviso alguno, un fatídico día Job perdió toda su familia, siete hijos y tres hijas; todas sus posesiones, bueyes, camellos y ovejas; sus servidores, y hasta su casa. Satán le había dicho a Yavé: *"...extiende tu mano y toca sus pertenencias. Verás si no te maldice en tu propia cara."* Mas Job, lejos de maldecir a Dios como Satán había pronosticado, *"se levantó y rasgó su manto, luego se cortó el pelo al rape, se tiró al suelo y, echado en tierra, exclamó: 'Desnudo salí del seno de mi madre. Desnudo allá volveré. Yavé me lo dio. Yavé me lo ha quitado. Que su nombre sea bendito."* [2]

Llegada la lectura a este punto, Ilusión y Fernando se miraron con una mirada infinita, y él le dijo, *"¿Cómo es posible que no hayamos puesto toda nuestra angustia en manos de Dios? Job lo tuvo todo; todo lo perdió en la prueba divina... Pero salió victorioso de esa prueba. La prueba a que hoy nos somete Satán –nuestra inconsolable desesperación- no puede derrotarnos."* Fernando abrió sus brazos y estrechó fuertemente a Ilusión y la besó con un beso reverente y limpio, un beso casto, casi bíblico...

[2]El libro de Job concluye narrando cómo Dios le restituyó a Job cuantos bienes y dichas éste había perdido tras tan dura prueba. Tuvo otros siete hijos y tres hijas. Vivió muchos años más y vio a sus hijos y a sus nietos hasta la cuarta generación.

Domingo de Resurrección

Ella convaleciente...y yo nervioso...
Y en torno de ella y yo la primavera,
con la alegría a saltos dondequiera
¡bajo la magia del azul glorioso!

Arden los cirios en el templo uncioso
y al roce de los lirios se dijera
que la sangre de Cristo en la madera
de la Cruz, se ha hecho armiño luminoso.

Al santo sacrificio de la Misa,
a su Iglesia, mi amada me ha llevado
devotamente atado a su sonrisa...

Y esta Pascua Florida, reverentes,
nos vio rezar Cristo Resucitado
¡como dos tímidos adolescentes!

Fernando

 El natural espíritu de optimismo de Ilusión luchaba por recuperarse de la pérdida sufrida y esperar el futuro con confianza; de forma que nuevos horizontes personales y profesionales empezaron a captar su atención con valiente entusiasmo. Fernando secundó esta actitud, persuadido de que era lo más conveniente para ambos: desviar el foco de su atención de la cuna vacía hacia nuevos proyectos profesionales.

Así, Fernando decidió aceptar algunos compromisos periodísticos que reclamaban ausencias a veces prolongadas. En particular, una misión a El Cairo requeriría de él varios meses de ausencia. En efecto, destronado Faruk I, rey de Egipto, a Fernando le fue encomendado el seguimiento de los eventos liderados por el joven coronel Gamal Abdel Nasser, quien en julio de ese mismo año, 1952, había dirigido el golpe de estado militar que derrocó al joven rey, y avanzaba resueltamente en su carrera militar y política, que lo llevaría al control del poder en 1954.

Para sorpresa de Fernando, Ilusión, en vez de acompañarlo, prefirió viajar a su tierra natal, Venezuela, alegando temores no sólo para ella sino también para el mismo Fernando, pues él viajaba a una región convulsa tras la guerra árabe-israelí de 1948-49, primera desde la creación del Estado de Israel. Fernando, por su parte, alegaba que Venezuela no era más segu-

ra. El régimen dictatorial del General Marcos Pérez Jiménez era conocido por la brutal persecución de sus opositores políticos. *"Ni yo ni mi familia somos políticos. No te preocupes, por favor,"* alegó Ilusión, intentando calmar a Fernando.

Con razón o sin ella, quizás como primera manifestación de su espíritu decidido, Ilusión partió para Caracas. Fernando por su parte viajó a El Cairo, persuadido de que Ilusión se beneficiaría del apoyo emocional de su familia y amistades de la infancia. Esta decisión resultó ser más dura de lo que ambos imaginaron, particularmente porque su separación tomaría más de dos meses.

Ausencia

Debemos separarnos unos meses
¡Con llanto hemos tomado la noticia!
De nuestro amor la próvida delicia
se enfrenta a nuestros propios intereses.

Tras besarnos con casto desenfreno
desde la noche hasta el amanecer
morimos y volvimos a nacer
con un adiós de interrupciones lleno.

Y aquel que nos vio ayer, no admitiría
que el amor puede, loco de alegría,
la ausencia transmutar de esta manera.

Y es que ése que nos viera no sabía
que era tu sino hacerme compañía
¡y mi destino ser tu compañera!

Ilusión

Anoche

Fue una noche de versos y de historia
y de dioses... Honramos con Darío
la tumba de Verlaine: su mármol frío
y el cruel rechazo que hizo de su gloria...

Fue una noche pegada a la memoria
del Olimpo, los faunos, el estío...
Y tú a las puertas del abismo mío
con tu rama de olivo absolutoria.

¡Qué noche tan de escalas! ¡Qué profundo
vuelo de lágrimas siguiendo el trazo
de liras de oro huidas de este mundo!

¡Gracias te doy por musa y por campana!
¡Cómo desde hoy envidio ya el abrazo
que allá en tu patria te darán mañana!

Fernando

La noche antes de su partida a Caracas, Ilusión
y Fernando pasaron la velada leyendo poemas de
Rubén Darío y Verlaine:

Por su parte, Ilusión le hizo llegar desde Caracas, dos poemas expresándole su amor incondicional.

Pronto te irás

Pronto te irás, alegre y consentida,
a tu tierra de llanos, selvas, ríos...
Y yo aquí, lejos, con los sueños míos
y la habitual tristeza de mi vida.

De todos modos, paliaré mi herida
y mis atardeceres más sombríos
sentado con tus versos y los míos
al pie de esta leyenda compartida.

Y hoy, frente al Sena, desde mi pequeño
muelle sentimental, cómo quisiera
del Amor, de la Vida, del Ensueño,

explorar uno a uno los arcanos
y al beso de la brisa marinera
¡dormirme entre las palmas de tus manos!

Fernando

De mil formas

Que cómo yo te quiero, me has preguntado.
Yo sé que tú prefieres la más simple manera.
La manera en que el campo quiere a la primavera:
con sed de savia y hambre del fruto perfumado.

Pero yo tengo –amado- numerosas maneras
pues te quiero con un amor multiplicado
cuyo total alcanza unas mil primaveras
y así de mil maneras, ¡te sentirás amado!

Y es que tú eres un himno para mil instrumentos
y debes de mil formas sentirte instrumentado,
al vibrar de mil cuerdas y al soplo de mil vientos.

Y, escúchame, poeta, tú has nacido con suerte:
reclamas una sola forma de ser amado
¡y yo tengo mil formas distintas de quererte!

Ilusión

No tengo más destino que tus brazos

No tengo mas destino que tus brazos
ni otro puerto de amor lejos de ti
aunque a veces mi propio frenesí,
busca romper, indómito, tus impetuosos lazos.

He venido hasta ti, novio amoroso,
buscando sepultar vanas quimeras,
pero vuelven las sombras agoreras
a robarme la paz y turbar mi reposo.

Hidalgo, entonces tú te me presentas
para acallar la furia sorda de mis tormentas
y defender la rosa frágil de mi ilusión.

Y es entonces, rendida a tu dulzura,
que te dejo vencer con mano dura
¡la rebeldía de mi corazón!

Ilusión

Tu voz lejana

Sentir tu voz lejana es un consuelo
porque es sentirte mía todavía
cual siento mío el hondo azul del cielo
no obstante su inasible lejanía.

Y es que tu voz logra plasmar mi anhelo
de gozar siempre de tu compañía
y de rasgar el importuno velo
que aparta la sed tuya de la mía.

Sentir tu voz –no importa si lejana–
es enjaular el sol de la mañana
y traerlo a entibiar mi noche fría.

Cuando tu voz mi soledad comparte
¡seguro estoy que desde un mundo aparte
le habla a mi corazón la poesía!

Fernando

     Ilusión y Fernando lograron establecer comunicación telefónica varios días después de haberse separado, y contaron con la suerte de seguir haciéndolo de cuando en cuando. Para ambos, este contacto, aunque esporádico, unido a la correspondencia que cruzaban en la medida de lo posible, brindaba renovada inspiración a su amor.

La hondonada

Buenas noches, amor, Chatina mía...
Lejos de ti, frente al reloj, despierto,
en esta noche solitaria advierto
¡cuánto puede doler la lejanía!

Me hablas de tu nostalgia... Yo diría
que tu nostalgia es de ambos... Y, por cierto,
esa nostalgia echa en mi pecho abierto
un río de luctuosa agua sombría.

Mas tú... ¡mata esa pena inmerecida!
Y así, feliz, para gozar dormida
del Buen Amor todos los embelesos,

¡alza tu puño y húndelo en tu almohada
y haz con toda tu fuerza una hondonada
donde esta noche refugiar mis besos!

Fernando

Madrigal de las buenas noches

*Me dispongo ya a dormir.
El reloj marca las diez.
Llevo puesta la franela
que me regalaste tú.
Y circundada me veo
por tu amorosa presencia:
unos libros, una orquídea ¡y un poema!
El teléfono repica
y escucho fresca tu voz.
Por caricias, tus palabras,
y por custodio, tu amor.
Me pides que con mi puño
abra un espacio en mi almohada
donde conservar tus besos...
Lo hago así para dormir
mi sueño en tu compañía
donde no existan linderos
entre mi sueño y tu vida.
Una lágrima es mi adiós
y con los ojos cerrados,
un ¡te quiero!*

Ilusión

Serenamente

Te amo serenamente...
en armonía con mis sueños:
y así, transfigurada en tu presencia,
no hay paisaje deslucido,
sonido discordante,
recuerdo impuro
ni pensamiento sin feliz mensaje.

Cuando en mi mundo habitas
desaparece al punto la nostalgia
y en cada rostro veo una sonrisa.

Y puedo estar contigo a solas
en medio de las multitudes
¡tal es la magia de tu compañía!

Cuando en mi mundo habitas,
la sangre en mis arterias alborozada canta
¡y oigo tu voz marcándole sus vibraciones rítmicas!

Ilusión

Mi linda Caraqueña

(Cancioncita para ponerle
una musiquilla del corazón)

Mi linda caraqueña
primaveral,
sobre tu frente bonita
cayó una estrellita
y se puso a soñar.

¡Amor, amor, amor
en tu sonrisa
cada vez que la besa la brisa
se abre una flor!
Mi linda Caraqueña
hecha de campanitas
y puras astillitas
de sol.

Hora tras hora
nimba seductora
una nueva aurora
tu corazón.

¡Amor, amor, amor,
tú incendiaste mi alma
con esta pasión!
¡Y ahora ni el fantasma
fugaz de los años,
ni los desengaños
lograrían borrar mi ilusión!

Mi linda caraqueña,
a la luz de tus ojos serenos,
déjame la vida pasar...
Y dormido por siempre
oyendo tus palabras...
entre tus tibios brazos
¡soñar... soñar!

Fernando

55

Desdichadamente, poco a poco, esta prolongada separación comenzó a conturbar el ánimo de Fernando, en particular por la permanencia de Ilusión en Caracas. Ella había decidido que sólo regresaría a París cuando Fernando hubiese completado su misión en El Cairo. Pero, para él, esta decisión impedía que se vieran cuando, tomando ventaja de ciertas oportunidades, él lograba viajar a París, con la esperanza de encontrarse con ella.

Para empeorar su ánimo, recordó que Ilusión había tenido un ardiente romance juvenil que resultó malogrado por circunstancias de entonces, pero no arrancado de raíz de su corazón. Venían a su mente referencias vagas y algunos comentarios de esos en que los esposos cometen el error de revelar ciertas intimidades... Además, Ilusión llevaba siempre en el dedo meñique de su mano izquierda un pequeño anillo de oro con una inscripción enigmática: Mimuso-CCS-1945, las razones de cuyo peregrino origen, según Ilusión, jamás habían satisfecho a Fernando. El amor de Fernando era posesivo. No podía tolerar el más superficial sentimiento de rivalidad amorosa, aun cuando se remontase a la infancia misma de Ilusión. De ahí que resultase un compañero sentimental entrañablemente romántico como novio o como amante, pero prácticamente intolerable como formal marido.

Ilusión, por su parte, no podía identificarse con ese sentimiento. Su espíritu era libre, pero incondicionalmente leal. Ilusión simplemente no comprendía cómo Fernando podía preferir que ella estuviera sola y triste en París, en vez de acompañada y querida por familiares y amistades en Caracas. Pensando en estas cosas ella le escribió el siguiente poema, queja y promesa a la vez:

Quieres que te busque en mi calle vacía

¿Quieres que te busque en mi calle vacía
y que, en esa búsqueda, mi pasión invente
las cometas mágicas de nuestra alegría
flotando en los cielos del alba al poniente?

¿Quieres que te extrañe entre tanta gente
-algunos que fueron conmigo al colegio-
y que ahora acompañan mi orfandad creciente
uniendo sus risas en fiel florilegio?

¿Y oír de mis labios ese sortilegio
que acepta y rechaza a un tiempo tu ausencia,
tornando ala párvula mi estandarte regio
cuando estoy ya lejos de la adolescencia?

¿Quieres que me hiera tu melancolía
y que mis cabellos, que tanto celebras,
tal vez castigados por la duda mía
igual que en Medusa se tornen culebras?

¿Quieres que, una a una, deshaga las hebras
del fiel relicario que guarda tus versos
y que cada acento con que me requiebras
no endulce como antes mis días adversos?

¿Ignoras que sobre nuestros universos
eres almalafa de luz protectora
que ha sido hilvanada con bordados tersos
por los arreboles breves de la aurora?

Siempre he despertado triste, pero ahora
libre estoy de todo despertar obseso:
y al abrir los ojos bendigo la hora
en que mi nostalgia tornaste embeleso.

Así es que, sin pena ni dudas, confieso
que si no tenerte fue ayer mi herejía
¡verás, amor mío, cómo a mi regreso
te explicaré a besos que eres mi alegría!

Ilusión

Poema al que Fernando responde:

Tu calle vacía

Yo me he imaginado tu calle vacía
con la vieja fuente de luceros llena.
Y un suspiro ungiendo cada celosía
bajo el áureo hechizo de la luna llena.

Ya he bojeado todo: tu casa, tu gente,
las nubes -viajeras de dóciles alas-
y en la caraqueña tarde reluciente
¡tú, y la turba alegre de las colegialas!

Tu calle: ¡Qué hechizo las noches serenas
y tú recitándome tus gozos y penas!
¡Hiedra y muro hambrientos tu mano y la mía!

Y mientras extático te me quedo oyendo
cada verso tuyo lo va repitiendo
como un eco lánguido tu calle vacía...

Fernando

Al cabo de unas semanas más, la larga espera llegó a su final. Ilusión viajaría a París donde Fernando la estaría esperando. El encuentro trajo, como era de esperar, inmensa alegría a los jóvenes esposos. Pero pronto se fue haciendo evidente, que no eran ya los mismos dos jóvenes cándidos que habían contraído matrimonio un tiempo atrás.

Los próximos cinco poemas cierran este capítulo, que se denomina Encrucijada porque resume un período en la vida de Fernando e Ilusión en que la decisión de separarse y la forma en que fue manejada esa separación, resultó determinante del curso de los eventos que se sucederían.

Caracas-París

Ya París se va alegrando
y Caracas se entristece;
pues el domingo parece
que a París irás llegando.

Caracas pregunta cuándo
volverás con el tesoro
de ése tu reír sonoro
y dictó la justa ley
de que cada araguaney[1]
¡te haga una corona de oro!

Y aquí el sol se bruñe y brilla
como en visita de reyes
y aunque no hay araguaneyes
media fronda está amarilla.
Y es por ti, mujer sencilla
y bella como ninguna,
que atesoras la fortuna
de que un amor casi hermano
te espere acordeón en mano
en su terraza de luna.

Acepta la pleitesía
que hoy te rinde Venezuela,
mas ven pronto... que aquí vela
por tu amor mi poesía.
Que se abra paso en la vía
de los mares tu vapor
y atraque aquí a mi clamor,
que con su pañuelo abierto
¡te está esperando en el puerto
dándote vivas mi amor!

Fernando

El faro abatido

¡Este faro tan solo y este azul desconsuelo!
Regreso niño al parque donde aún mi ensueño goza.
Después, entre pelícanos, salgo y entro en mi choza.
Mi choza es este faro... Y es mi parque este cielo...

A la farola uncido escruto el mar... y velo...
Alguna estrella a veces baja y mis hombros roza.
Ver un barco distante mi horizonte alboroza
¡y una vela es a un tiempo llanto, adiós y pañuelo!

De pronto tú te escapas de tu estatua de cuarzo.
Se alza la luna llena al Este del paisaje
y su oro hechiza el tímido anochecer de marzo...

Y al ver que el faro ignora mi oscuro desamparo,
¡entra en el mar tu estatua... sacude el oleaje
y abate la soberbia soledad de mi faro!

Fernando

59

Felicidad

Felicidad de amar y ser amado
¡Qué frágil! ¡Qué fugaz te me revelas!
Tornas el universo en un puñado
de rosas que entre espinas tú encarcelas.

La simiente que es cuna de tu vida:
-caricias, risas, lágrimas y besos-
me anuncia con euforia tu venida,
frente a los duelos en tu sino impresos.

Hoy, fuente de delicias infinitas;
mañana, de ti misma ya saciada,
has de dar sólo desconsuelo y cuitas.

Felicidad: quien pierda tu sentido
buscará en vano el sol de tu mirada
¡sin darse cuenta de que tú te has ido!

Ilusión

Profecía tardía
(Ante tu retrato de los 11 años)

Gota hambrienta de luz. Sol pequeñito
bajo una desbordada cabellera.
Boquita en que parece que latiera
el beso en flor que tanto necesito.

La inquietud en tu rostro reverbera
y en tus ojos hay lampos de Infinito...
Y tu ceño infantil tiembla contrito
cual si algo extraño en mi silencio viera...

¿Es que te dice alguna voz lejana
que no satisfarán tu sed mañana
efigies... mármoles... arqueología?

Atada a tus desvelos de escultora,
¡te veo abrir de par en par la aurora,
tras las estatuas de tu fantasía!

Fernando

Nuestra eternidad

De cuando en cuando —apenas un instante a la vez—
hurgando el infinito toco la eternidad...
y es en esos instantes que todas mis angustias
se diluyen al soplo de la serenidad.

Mis dudas se disipan en un mar de certezas
y corro el velo oscuro que cubre la verdad
y veo mi destino y el tuyo, y el de todos,
a la luz de una maravillosa claridad.

Siento un intercambiado latir de corazones
Yo en el tuyo palpito... Tú vibras en el mío...
Se hacen monólogo único nuestras conversaciones
¡y se confunden nuestro calor y nuestro frío!

Palpo las penas tuyas y tú mis alegrías
y queda atrás la angustia que nos hizo distintos
y unificando imanes de brújulas opuestas
¡nuestros senderos corren por el mismo camino!

Ilusión

Al pie de nuestra eternidad

¡Qué me alegra que logres, casi mágicamente,
llegar al Infinito... tocar la Eternidad...
y mientras que mi mano acaricia tu frente
sentir que vas en alas de la Serenidad!

¡Y que descifres todas las penas de mi vida
en tanto que yo palpo tu sueño y tu verdad
y eres en mi poniente la ribera escondida
donde echó anclas la nave de mi felicidad!

¡Qué bello este secreto que en nosotros se esconde
más allá de los límites vagos del Bien y el Mal
y esto de ser mitades del mapamundi donde
nuestras brújulas unen su destino final.

¡Qué dicha que tus versos me lleven de la mano
donde mi anhelo solo no podría llegar!
¡Y aprender a ser novio, amante, amigo, hermano...
en esas Mil Lecciones de tu Ciencia de Amar!

Fernando

CAPÍTULO IV

.... LA DICHA QUE ME DISTE

Y ME QUITASTE DEBE SER BORRADA;

LO QUE ERA TODO

TIENE QUE SER NADA.

JORGE LUIS BORGES,
ESCRITOR Y POETA ARGENTINO (1899-1986)

Tormenta

 El retorno de Ilusión a París y su reencuentro con Fernando fueron efusivos, como podía esperarse de estos dos enamorados. Ilusión se sentía feliz y particularmente cariñosa con Fernando. Pero él, para desconcierto de ella, mostraba una extraña volubilidad: un momento afectuoso como siempre, en tanto que otro irritado o majadero.

Ilusión trató de calmar estos vaivenes con mimos de todo tipo. Pero fue inútil. Ella no podía sosegar la nostalgia abiertamente obsesiva que había empezado a apoderarse del espíritu de Fernando. Entregada de corazón a él, Ilusión carecía de percepción certera para entender la insidia de su mal. Ella lo seguía amando con ceguedad imperturbable. Fernando, por su parte, intentó explicarle las ansiedades que lo agobiaban:

Una triste mañana de Marzo

I

¿Qué quieres tú, Ilusión...
si el amor es así?
En el fondo de todos los idilios
dormitan las arcaicas bestias
del egoísmo y de los celos.
Y el más ligero soplo las despierta.
Un distante relámpago,
un cúmulo que flota en lontananza...
lleva a sus garras ímpetus salvajes
y sangre a sus pupilas afiebradas.
¡Ojalá tú pudieras apaciguar las fieras
que yo llevo en el alma!

II

¿Qué quieres tú, Ilusión?
No sé quién nos ha hecho creer
que las hermanas
bestias
no saben del amor y de los versos...
ni imaginan lo que es apacentar idilios
en sus días cuajados de apetitos
o bajo la apagada claridad
de sus noches de lunas solitarias...
Y es que olvidamos el supremo
instinto de conservación
que rige los destinos de la selva
y los designios de los mares,
en los que opera en misterioso juego
la ley divina
de la perpetuación de las especies,
la supervivencia de los más fuertes,
-devorar o ser devorados-

y procrear a sangre y fuego:
quehaceres que no dejan a las bestias
editar las antologías
de sus pasiones y sus baladas
como hacemos algunos hombres,
echando mano a la sudada
mochila de ilusiones y de hastíos
que llevamos a las espaldas,
para dejar constancia de sueños y de idilios
a veces repujados con sangre y lágrimas.

A las bestias les roba su tiempo sin relojes
el imperioso grito de la vida
que en selvas y en océanos
salvajemente acalla
los sutiles contactos del amor...
Pero las pobres bestias
¡también sueñan y aman!

Y así nacen y mueren
y van pasando silenciosas
sus generaciones milenarias
sin que nosotros comprendamos de lleno
sus reinos indómitos
de fauces y de zarpas.
Pero lo triste es, en verdad,
que las bestias no pasan.
Las bestias quedan genéticamente
enquistadas
nutriendo los hambrientos pecados capitales
de la especie humana...
¡No; las bestias
no pasan!
Las bestias quedan en sombrío acecho
en nuestros nervios y nuestros corazones
agazapadas.
¡Cómo quisiera yo que tú pudieses

apaciguar las bestias que sacuden
mis entrañas!

III
 Cuando fueron echados del Edén Terrenal,
Adán partió llevando su lira bajo el brazo
y Eva salió con el oído intacto
para seguir oyendo la voz de la Serpiente
y quedar confundida y fascinada.
Por eso Adán siempre le canta a Eva,
pero Eva nunca sabe quién de los dos le canta:
si Adán... o la Serpiente
que le ofreció aquel día la manzana...
¡Por eso entre el amor de Adán y Eva
siempre está la Serpiente atravesada!

IV
Y, mira tú, Ilusión, de pronto
me asalta lo más turbio de la vida
y despiertan mis bestias desesperadas.
¡Siento que para mí ha llegado la hora de extrañarte
y de llorar ante tu adiós, amada!

Miro al pasado... Pero ahora
París no tiene para mí jardines.
La primavera quedó tronchada.
A sus parques desiertos no van los pajarillos.
Miro caer melancólicamente
una nevada de hojas marchitas
sobre la Rue de Varenne.
Y en aquel viejo arrabal de París
-¡nuestro nupcial París!-
estará la Iglesita cerrada...
Habrá huido con la ventisca
el florecido abril. Y el Padre Louis...
-¿existirá el Padre Louis?-
Y acaso se ha esfumado la silueta

de la monjita pálida
que en tanto hacía sus novenas
veía dos almas arrodilladas
a la luz tenue de la luminaria:
¡Tú y yo!
Y tal vez ya no quede ni un distraído vaho
del aroma de aquellos días
a incienso fresco y azucenas blancas...

V
¡Siento que para mí ha llegado
la hora de extrañarte
y de llorar, llorar, llorar, amada!

VI
Anoche tuve un súbito presagio.
y desde entonces libro una batalla sorda
contra dos impertérritos fantasmas:
el adiós, que congela y difumina
la alegría del alma
y la ausencia, cual castor afanoso
que en mi soledad amontona recuerdos
y ya comienza a alzar sus barricadas.

VII
Pero aún yo sigo firme
frente a estos dos fantasmas.
Y me sumerjo en la paz de tus ojos
soñando inútilmente
hallar de nuevo una esperanza...
mientras que pongo mis últimos besos
en la tersura de tus manos blancas.
Y no puedo evadirme un sólo instante,
en medio de mi desamparo,
del éxtasis final de esta locura
con que te sigo amando.

Fernando

67

Para bien o para mal, el espíritu brioso de Ilusión rechazaba todo tipo de nostalgia, tal vez por temor a verse atrapada por ella. Prefería no hablar del pasado ni de ningún suceso que le trajera a la memoria eventos tristes o desagradables. En su afán de desterrar de su vida todo lo negativo que el mundo acarrea, no logró alcanzar lo que más le importaba en su existencia: sosegar a Fernando, pues no supo ayudarlo a superar sus angustias y temores.

Más aun, los arranques de celos de Fernando, muy lejos de conmoverla o halagarla, ofendían su dignidad de esposa. Ella los atribuye a la cultura machista en que Fernando se ha formado y en vano intenta tranquilizar su ánimo, recordándole todas las prendas de cariño con que –desde que lo conoció- lo ha venido mimando, y reiterándole su amor incondicional. Fernando, a su vez, reacciona con las manifestaciones de afecto que aún guarda en su alma y se muestra aliviado y feliz, como en los buenos tiempos. Ella lo estimula a olvidar el pasado y concentrarse en el futuro. En los planes de ambos.

Sin embargo, no pasa mucho tiempo antes de que las fieras de los celos vuelvan a rugir en las entrañas de Fernando...

Este ciclo de disgustos y reconciliaciones fue desgastando a la pareja. En tanto que Fernando debía atender sus compromisos de corresponsalía que le forzaron a volver al Medio Oriente, Ilusión aprovechó esta circunstancia -tal vez para alejarse de él por un tiempo- y planificó un nuevo viaje, esta vez a Italia, España y Grecia, como complemento de sus estudios de Historia de Arte Románico.

Los próximos poemas van mostrando la evolución de estos sentimientos –los celos de Fernando y el rechazo de éstos por Ilusión- todo lo cual se convertiría en un verdadero cataclismo sentimental.

Celos

Hoy tu Fernando amaneció celoso.
Y la culpa la tiene tu belleza
y tu dulzura... y la infantil franqueza
que exhala tu semblante candoroso.

Pero el amor viril es imperioso:
extraña ley de la naturaleza
que da a ese amor más visceral fiereza
cuanto es más delicado y obsequioso.

Sé que mis celos te hacen daño, amada:
que es injusta su loca llamarada,
y absurdos sus torturas y venenos...

¡Imponme tú las más duras sanciones!
Yo acataré todas tus condiciones
¡salvo pedirme que te quiera menos!

Fernando

Décima II

¿Para qué hablar de pesares,
de tormentas y naufragios,
u otros oscuros presagios
o sombríos avatares?
El adalid de los mares
que se arriesga en pos de gloria
-aunque ésta sea transitoria-
es argonauta y profeta
¡y no abandona la meta
hasta alcanzar la victoria!

Ilusión

Ven...
toma mi amor triste

Sé de tu afán congénito por la alegría
y de tu sed de júbilo y tus anhelos...
Y sé de los impulsos y los desvelos
que afiebran desde niña tu fantasía.

Sé que, al amar, tu espíritu voló a porfía
a la luz cumbre de los más altos cielos
por hallar en tu tierra, o extraños suelos,
un amor sin vorágines ni agonía.

Ven, toma mi amor triste, niña querida,
piensa que por misterios que hay en la vida
o razones de oculta naturaleza,

los amores de aquellos que más se quieren
en ocasiones nacen, viven y mueren
bajo el dosel sombrío de la tristeza.

Fernando

Se acerca
la Nochebuena

Se acerca la Nochebuena
y con ella, una esperanza
que desde el cielo uno alcanza
por la paz, propia y ajena.
Que tu copa se vea llena
de dicha, salud y musas
y no digan que rehúsas
de tu poético encanto
pues quienes buscan tu canto
¡en ti no hallarán excusas!

Ilusión

Mi sombra

Tomo de ti lo alegre y lo bonito
para alegrar mi desconsuelo hondo...
Y hoy que ese desconsuelo toca fondo,
sin voz ni luz ¡cuánto te necesito!

Como donde tú habitas yo no habito,
tímido, a veces de tu amor me escondo...
Y, a veces, si me llamas no respondo,
¡pero tu nombre sin cesar repito!

¡Sé que a tu amor he de aferrarme un día,
e igual que un topo que ante el sol se asombra,
ha de asombrarse mi melancolía...

Mi sombra esconde el arpa que te nombra,
pero tú, a martillazos de alegría
¡un día de éstos romperás mi sombra!

Fernando

He puesto en este amor tanto cariño...

He puesto en este amor tanto, tanto cariño,
tantas ingenuidades y tanta fantasía,
que el corazón a veces se me viste de niño
¡y corre a empinar locas cometas[2] de alegría!

Como un amor con canas me decepcionaría,
yo, cual si fuesen canas, mis decepciones tiño.
Y si por dos canicas[3] un niño reñiría
¡buscando ser tu niño, yo arguyo, reto y riño!

Pero sé -¡qué tristeza!- que no colmo tu anhelo:
tú buscas vías lácteas más allá de este cielo
donde la estrella única es la soledad mía...

Cuando no te acompaño sé que apenas me extrañas...
Pero, en cambio, amor mío, si tú no me acompañas,
¡mi corazón deshecho te extraña noche y día!

Fernando

71

Qué pena!

¡Qué pena!
Qué pena me da...
Que en mi sonrisa tú veas engaño
Que en mi tristeza tú veas enfado
Que en mi disculpa tú veas rechazo
Que en mis ausencias
pienses que no te extraño.
Que en mi piel imagines
la huella de otras manos...

¡Qué pena!
Qué pena me da...
Que nada te complazca.
Que desconfíes de mi sinceridad.

Pero más pena me da
darme cuenta
de que ya yo no puedo
explicarme con más claridad;
que tus dudas te llevan siempre al mismo destino:
resoluciones amargas,
amenazas, desolación, indescifrable pesar...
¿Cómo puede haber amor donde
falta la buena voluntad?
Si no crees en mi cariño...
Si no te complace mi cariño...
Si mi amor te aflige...
¿Cómo puedo yo hacerte bien?
¿Y cómo puedes tú hacerme bien a mí?
Piensa si es posible...
Piensa si es posible vivir
¡tan ajenos a la serenidad!

Ilusión

Tus celos

Tus celos me destierran a una isla de horrores
donde la duda aciaga trastorna la razón;
de tus ojos se fuga la infantil inocencia
y tu dulce palabra se torna inquisición.

¡Qué horrible que tus celos se esfumaran un día,
en que al amarme menos, no me celaras tanto!
Pero aún es más horrible que me impongas tus celos
sabiendo que son causa perenne de mi llanto.

No me atrevo a pedirte que me quieras distinto;
-paradoja insufrible de duda y devoción-
¡Cuán horrible sería que si llego a cambiarte
perdieras el encanto de mi fascinación!

Nuestro amor busca un tímido diapasón de cordura:
yo entender tu destino y que el mío tú entiendas...
¡Cuán horrible sería que por no comprendernos
resultasen distintas al final nuestras sendas!

Ilusión

¡Sí! …Celos

Los celos que yo sufro por ti son cual los celos
del jardinero obseso por sus rosas
ante el etéreo alud de vuelos
de las sedientas mariposas.

Son celos por la esencia primordial de mi vida,
que no quisiera verla ni en sueños compartida
con la sed de otras bocas codiciosas.
Celos del alma en medio de oleadas procelosas
que quieren desprenderla con violencia
del asidero mismo de su supervivencia.

Dices que te destierro con mis celos
a una isla de horrores…
Que ensombrezco tus cielos…
Que colmo de humo y sangre tu mirada…
Que soy el Torquemada[4]
de tu sentimental inquisición…
Y, en verdad, no te falta razón:
Yo llevo un Torquemada,
que no está en sus cabales,
que noche y día quema a supuestos rivales
en la hoguera de su corazón.

Y ¡sí! te lo confieso…
Soy eso… ¡todo eso!
¡Soy azadón en ristre, un jardinero obseso!
¡Soy un desterrador malvado
que el desdén más ingenuo no tolera!
¡En suma, el Torquemada ya citado
que iracundo y tiznado
esgrime sin descanso su tea justiciera!

¡Huye de mí! ¡Refúgiate, por favor, dondequiera!
Porque mis celos han copado
con rosas y rosales toda la primavera
y han convertido en una inmensa hoguera
mi corazón enamorado!

Fernando

73

La tormenta

La tormenta apura el paso para alcanzarme...
En mis oídos siento del viento rugir la ira;
retuerce el mar lo amargo de sus entrañas
como en gemidos lúgubres de almas perdidas.

Inútil es que frene tan rudo asalto
que sobre mí con furia se precipita
y que me arrastra lejos de tu refugio
y del remanso tibio de tu bahía.

Ya no veo tu faro. Ya su lumbrera
se ahogó... La lluvia me escupe fiera
entre ardientes relámpagos, muy lejos de la orilla...

No sé si saldré viva de este brutal quebranto
¡o quedaré por siempre mirando en sangre y llanto
mi mundo hecho pedazos en esta pesadilla!

Ilusión

¿Tormenta?

Yo siento que tu alma esta sedienta
de nuevas aventuras e ilusiones:
y esa es la fuente de alucinaciones
que te hacen ver y oír una tormenta...

Mi actitud, a Dios gracias, no aparenta
originar tales aberraciones.
Tú hablaste en nombre de tus impresiones...
Y eso es en este caso lo que cuenta.

La tormenta real está en mí mismo
y no en el mar ni el viento ni el abismo
que así horrorizan tu imaginación...

Mi corazón ¡sí late atormentado!
Tú, por suerte, mujer, nunca has entrado
en la tormenta de mi corazón!

Fernando

No alucino

Me dices que yo alucino vislumbrando una tormenta
y que el sólo atormentado viene a ser tu corazón
y porque ignoras las penas que mi corazón enfrenta
piensas acabar con ellas con un adiós y un perdón...

Tengo noches de vigilia, largas noches de inquietud
en que mi mente me encierra en la cárcel del desdén.
Todo el mundo está entregado a una siniestra acritud:
nadie ama a nadie... No importa que haga mal o que
(haga bien

Mis noches alucinantes terminan con un suspiro
y al asomar la mañana entiendo por qué deliro:
es la fobia de una mente que huye de un mundo sin ti...

Bendigo mi insomnio porque aunque no duermo, no
(enfermo...
¡Peores que mis desvelos son las noches en que
(duermo...
y sufro la pesadilla de verte lejos de mi!

Ilusión

Las cien puertas

No me es dado adentrarme por ninguna
de las cien puertas tuyas nunca abiertas:
sólo tú tienes llave de esas puertas
que no revelan confidencia alguna.

Las espío con cien miradas yertas
de fríos celos. Y hago que reúna
mi noche la luz toda de la luna
en busca de aberturas encubiertas.

Pero es inútil. Todos tus secretos
puertas adentro engrosan tus caudales
inmunes a mis celos indiscretos...

¡Y mi amor lleva, para mi agonía,
los celos como indómitos chacales
siguiéndome los pasos noche y día!

Fernando

Nota

He descubierto que mi amor celoso
tortura sin saberlo los sueños de Ilusión,
aunque no haya querido perturbar su reposo
con el más leve acoso, mi enamorado corazón.

¡Pero es tan bella y tan inteligente!
¡Sus encantos son tantos! ¡Tan noble es su valor!
Que no es posible verla frente a frente
y pretender amarla despreocupadamente
sin que como mastines feroces, de repente,
no se lancen los celos a cuidar el amor!

Fernando

Ilusión permanece inconmovible ante los celos desesperados de Fernando, y decide ir de nuevo a Caracas a ver a su familia. Fernando le pide que no viaje, en términos que ella interpreta como un ultimátum. En este punto, Ilusión sintió que sus intentos por salvar su matrimonio habían sido infructuosos, pues Fernando nunca decidió entablar una batalla decisiva contra los *"chacales de sus celos,"* como él mismo se atrevía a llamarlos.

La despedida, por encima de los sueños de ambos, mostraba ya sus bien definidas aristas. Mujer de rumbos bien pensados y acaso demasiado firmes, decidió dar el primer paso para huir de la vida de Fernando.

Me iré
con mi destino a salvo

Me iré con mi destino a salvo,
por equipaje un sueño roto;
y sobre el porvenir de ambos
tu nombre en una nube de oro.

Me asalta un sordo resquemor,
pero mi rumbo será eterno:
sé que atrás dejo el corazón
pero no torno a recogerlo.

Dentro de mí reina el instinto
del ave que atraviesa el cielo
sobre las cumbres y los ríos...

¡Alas y trinos en concierto!
Y aunque de abajo tú me llamas
¡no puedo detener mi vuelo!

                    Ilusión

Te vas...

Te vas... es tu destino cada rato perderte
e ir en pos de tus sueños a distantes lugares:
a explorar nuevos cielos o surcar viejos mares...
¡Y sé que nadie, nadie podría detenerte!

No sé qué haré mañana cuando a solas e inerte
oiga los mismos versos y los mismos cantares
y tenga que enfrentarme a mis viejos pesares
sin que pueda tocarte ni besarte ni verte!

¡Vuelve a tus playas! Cumple tu destino, viajera!
Pero no olvides nunca que alguien tu vuelta espera
¡que un amigo y su gato quedan llorando aquí!

Y que lejos de tu tierra venezolana
hay bajo el cielo azul de una playa lejana
¡una silla vacía esperando por ti!

                    Fernando

77

Ruego

Amor: mi ruiseñor de muerte herido
vive gracias al sol de tu mirada.
Y es ese sol el que, sin decir nada,
le ha regalado el tiempo que ha vivido...

Mas cuando quede el término cumplido
y se aleje tu luz enamorada,
piensa ¡cómo la noche despiadada
invadirá del ruiseñor el nido!

Me duele el corazón, pero me duele
donde doler el corazón no suele
ni el amor suele devolver la calma.

Te irás. Pero antes ¡mata! -te lo pido-
¡no sepultes con vida en el olvido
al ruiseñor herido de mi alma.

Fernando

Aunque nunca volviste a mi sendero

Si alguna vez llegase nuestra historia
al final del sendero de mi vida
y oyese tu doliente despedida
caer como una lápida mortuoria...

¿Qué será de tu amor? ¿Qué de la euforia
de cada ardiente noche compartida?
¿Y qué de tu presencia consentida
que es hoy mi anhelo, mi ilusión, mi gloria?

Un 23 de abril... ¡Glorioso día!
¡Triunfal heraldo de las horas bellas
en que fuiste mi sola compañía!

He de morir diciendo que te quiero
y que viví para besar tus huellas
¡aunque nunca volviste a mi sendero!

Fernando

Mi último adiós

Este capítulo de la vida de Ilusión y Fernando los llevó a una separación que ninguno de ellos imaginó que culminaría en un distanciamiento indefinido.

Este es mi último adiós... Te quise tanto
que fuiste mi sustento noche y día
y encadené a tu amor mi poesía
con un cariño etéreo, casi santo.

Y al decirte hoy adiós, hay tal quebranto
en mis versos y en mí... que no sabría
saborear nunca más otra alegría
sin que me la amargara el desencanto.

Los años pasarán... Yo me iré lejos...
No oirás más mi oración ni mis consejos.
Mas ¿cómo haré para vivir sin verte?

Tendré que acostumbrarme a vivir muerto,
amarte en sueños y morir despierto
¡sin separar la vida de la muerte!

Fernando

CAPÍTULO V

DE TAL MANERA TE QUERÍA,

QUE ESTAR SIN TI ES ESTAR SIN MÍ.

AMADO NERVO,
POETA MEXICANO (1870-1919)

Ausencia

 *"En mi vida no ha habido congoja mayor que haberme separado de Fernando."* He aquí la declaración más dolorosa que oí de los labios de Ilusión a todo lo largo del tiempo que duró nuestra amistad. Esta reflexión brotó desgarradoramente de su alma, sin pose verbal, sin vano melodrama. *"Esa separación fue una decisión basada en el raciocinio, resultante de la pugna de nuestros temperamentos, pero mi corazón nunca me la perdonó..."* Como resultado de ese conflicto interno, Ilusión sufrió momentos de profunda melancolía.

Fernando, por su parte, escribió mucho a su soledad y al desasosiego que dejó la ausencia de Ilusión en su vida; mas, inicialmente al menos, con un dejo de esperanza de que esa separación no sería definitiva.

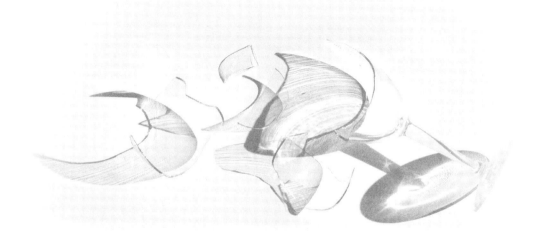

Lejos de ti

Lejos de ti padezco el cruel agonizar
del moribundo eterno que acecha, hora tras hora,
un final que no llega no obstante que él lo implora
para de esa manera su sufrimiento ahogar.

Lejos de ti despierto desconsolada al ver
que Dios no me ha librado de mi prisión helada
donde ha muerto la risa y es gris cada alborada,
sin un hoy ni un mañana... Sólo mi triste ayer.

Lejos de ti depongo esta batalla cruenta
por un querer vencer, por un soñar amar
y me entrego a mi llanto, resignada a esperar...

Hasta que gota a gota, sin que yo me dé cuenta,
termine por secarse la fuente de mi llanto
y lágrima tras lágrima se agote mi quebranto.

Ilusión

Esta barca

Esta barca es -mujer- la vida mía:
rotas las velas, muda y sin destino...
A un feliz viaje a recogerte vino
¡y ha tenido que anclar en la bahía!

Aún a bordo estás tú, mas vendrá el día
en que habrás de emprender sola el camino.
Y en mi pecho no habrá reproches, sino
un corazón que te ama todavía.

¡Ya en la orilla hallarás besos y abrazos
y el gozo libre que tú tanto anhelas
aupándote entre espumas y sargazos!

Pero si miras a la lejanía
verás mi barca, inmóviles las velas,
¡esperándote anclada en la bahía!

Fernando

Pasaron varios años sin que Ilusión y Fernando volvieran a verse, aunque de cuando en cuando hacían contacto para saber el uno del otro. Y durante todo ese tiempo, ella puso gran empeño en no revivir, por vía de la poesía, los recuerdos e intensas emociones de aquel gran amor, su amor: ¡el único y total amor de su vida! Yo sospecho que hubo momentos en que quizá no pudo resistirse a escribir. Pero no me atreví a hurgar en torno a su producción poética en aquella etapa de su vida. Algo en su mirada parecía impedírmelo. Preferí dejar que ella misma estableciera los límites entre lo que espontáneamente iba revelándome y aquello sobre lo que parecía querer guardar silencio...

Con respecto a su vida, Ilusión regresó a París y vivió allí por lo menos diez años más, durante gran parte los cuales se concentró en sus estudios y obra escultórica. Se incorporó a la Universidad como profesora y en sus vacaciones alternaba sus excursiones artísticas por el mundo con viajes a Caracas a visitar a su familia y amistades de la infancia.

Fernando, por su parte, continuó trabajando como corresponsal de prensa, extendiendo la cobertura de sus reportajes a países en otras regiones aparte del Medio Oriente. En el norte de África, la guerra independentista de Argelia (1954-62). En Latinoamérica, el fin de las dictaduras de Gustavo Rojas Pinilla en Colombia (1957), de Pérez Jiménez en Venezuela (1958), de los Trujillo en la República Dominicana (1960), y de los Somoza en Nicaragua (1962).

Precisamente su continuo escrutinio del ambiente político mundial, y en particular la violencia que a menudo acompañaba a esos cambios en las estructuras nacionales del poder, llevaron a Fernando a pedirle a Ilusión que se abstuviera de visitar a Venezuela. Le preocupaba cómo las persecuciones y los abusos del gobierno de Pérez Jiménez ponían en peligro la seguridad de cualquier crítico de la dictadura, por más inofensivo que éste pudiera ser. Pero ese diciembre de 1957, Ilusión ya había decidido ir a visitar a su familia, compartir las Navidades con ellos, y permanecer en Caracas por un par de meses. De forma que, haciendo caso omiso de la petición de Fernando, se fue a su ciudad natal.

Tal y como Fernando había imaginado, el año nuevo trajo consigo gran convulsión y expectativas de golpe de estado para derrocar a Pérez Jiménez, con lo cual la represión del régimen recrudeció. Y tal y como Fernando temía, el 22 de enero, sin más justificación que haber respondido altivamente a las preguntas de un oficial del ejército que de modo arbitrario la detuvo a su paso por la universidad, Ilusión fue trasladada al edificio de la Seguridad Nacional y detenida junto a un grupo de revoltosos con quienes pretendieron asociarla.

La familia de Ilusión movilizó todos los contactos y amistades que pudieran ayudarles a librarla del peligro inminente al que se exponía de caer en manos de los esbirros del gobierno encargados del sistema carcelario. Y para su fortuna, a escasas horas de su detención, fue liberada. Y para júbilo del país, al día siguiente, el 23 de enero de 1958, todos tuvieron ocasión de presenciar la anhelada caída del dictador,

mientras Venezuela, su patria querida, estallaba en manifestaciones de alborozo frente a la esperanza de un futuro democrático.

Fernando respiró aliviado al saber las buenas nuevas al tiempo que se sintió exasperado ante la temeridad de Ilusión y su inexcusable imprudencia. Por su parte, Ilusión consideró que la posición de Fernando era injusta; pues, después de todo, quien había estado en peligro era ella, no él. En definitiva, este incidente contribuyó a recrudecer el distanciamiento entre ambos.

De todos los viajes de Fernando, quizás el más significativo desde el punto de vista personal, fue una visita en 1961 a Lisboa, capital de Portugal. Eran tiempos conflictivos en la historia colonial lusitana, en que las tropas de la India habían ocupado las posesiones portuguesas de Goa, Damao y Diu, y comenzaban los movimientos de rebeldía en Angola, África, desarrollos éstos que él también deseaba seguir de cerca.

En esos días, Fernando estableció amistad con una acomodada familia portuguesa que manejaba un próspero negocio de baldosas y cerámicas finas en Sácavem, en las afueras de Lisboa. Eleonor, hermosa y mimada, una de las jóvenes hijas de esta familia, quedó prendada de aquel poeta que le había dejado impresos unos versos, a manera de recordatorio, en un álbum de memorias. Y cuando supo que Fernando iba a Brasil, contratado por la revista *Ibero-América*, persuadió a su familia de que la dejaran visitar por una temporada a parientes residentes en Río de Janeiro.

Antes de partir, Fernando decidió disolver legalmente su matrimonio. Había resuelto aprovechar su traslado a Brasil para comenzar una nueva vida, sin Ilusión.

Ilusión probó la grandeza de su amor evitando toda suerte de estridencias y reclamaciones. A veces, la invadía una intensa sensación de angustia y un aplastante sentimiento de derrota. ¿De qué valieron tantos años de pasión, tantos días de ensueños... tantas promesas? A veces cerraba los ojos y veía un brumoso cementerio con tres angelitos sosteniendo sendas cruces de mármol sobre tres pequeños monumentos... Tal vez, irónicamente, el único recuerdo que merecía vivir en su vida debía ser la muerte de aquellas criaturitas inocentes que dejaron llorando entre sus fríos brazos una maternidad derrotada.

Fernando, víctima irredimible del mal de los celos, había sido, por lo demás, un hombre bueno. ¡Cuánta verdad encerraba aquel amargo pensamiento de Shakespeare de que *"¡no hay marido peor que el mejor de los hombres!"* A veces consolaba a Ilusión la absoluta certidumbre de que Fernando, en verdad, la había adorado y de que no había podido soportar la separación de ambos: todo lo cual venía, si no a justificar, al menos a explicar sus segundas nupcias.

En efecto, dejándose arrastrar por los avances e insinuaciones amorosas de Eleonor, sin duda halagadores y lenitivos para su dolorido espíritu, Fernando decidió rehacer su vida y contrajo matrimonio con ella. La familia de ella lo aprobó con gusto, pues había llegado a sentir un especial aprecio por aquel destacado periodista.

Mas no estaba en el sino de Fernando olvidar a Ilusión con el disfrute de otra vida matrimonial más venturosa, pues su nuevo matrimonio apenas duró un par de años. En un complicado parto de mellizos idénticos, Eleonor murió, dejando a Fernando con el infortunio de dos viudeces: la viudez sin funeral del divorcio y la viudez impuesta por la guadaña de la muerte. Esta vez, sin embargo, Fernando contó con la inmensa dicha de su anhelada paternidad. Pero, a todas éstas, el recuerdo de Ilusión permanecía en él como una llama inextinguible. ¡Cómo le hubiese gustado presentarle sus niños a ella! Pero no. Esto podría desencadenar en Ilusión opresivas nostalgias. Fernando continuó viajando, dejando reflejada su lucha interna en un sinnúmero de poemas, pero sin decidirse a establecer nuevamente contacto con Ilusión, no obstante lo mucho que lo deseaba.

Ilusión, por su parte, también pretendió rehacer su vida amorosa, estrechando lazos de afecto con un viejo amigo, Jean Paul, que había sido su condiscípulo en varios cursos sobre Arte y Escultura. Acaso cometió el error que ella misma tanto había censurado:

confundir el amor con la búsqueda de paz, de compañía, de solidaridad... Jean Paul, por su parte, no fue al matrimonio engañado. Estaba al tanto de los fuertes sentimientos que Ilusión continuaba albergando por Fernando.

Erróneamente, pensó que el tiempo curaría las heridas de Ilusión, con la ayuda de él, y que ella terminaría amándolo. Era un riesgo que él estaba dispuesto a correr; así de fuerte eran sus sentimientos por Ilusión. En efecto, durante unos años, Jean Paul e Ilusión compartieron su amor por el arte, y consolidaron sus respectivas carreras. Eventualmente, sin embargo, Jean Paul no pudo tolerar más la presencia espiritual de Fernando, el rival invisible, en la vida de Ilusión. Irónicamente para ella, los celos de un nuevo compañero volvían a perturbar su paz.

Mas el tiempo pasa sobre nuestras alegrías y nuestras tristezas. A veces morimos y el tiempo por instantes se detiene. A veces sobrevivimos y vemos pasar, una tras otra, las estaciones: primavera, verano, otoño, invierno... otra vez y otra vez...

Los poemas que a continuación se presentan cubren estos años de renovadas soledades e incertidumbres en la vida de Ilusión y Fernando. A ratos parecen queja. A ratos, expiación. A ratos, una búsqueda tal vez hipnótica, automática, de la esperanza. Y a ratos, la poesía asoma una fe ciega en una suerte de senda *kármica* que -más tarde o más temprano- habría de volver a unirlos.

La taza del gatico
de los ojos saltones

Me has dejado recuerdos imborrables
-y no es tu risa, ni tu silenciosa ternura,
ni el calor de tus manos...
que éstas serán siempre vivencias inseparables-
Yo me refiero a objetos
que nadie más que yo conservaría
como verdaderos talismanes
para hablar con tu amor.

Por ejemplo: tu taza de loza blanca
con el Gatico cálico del cerquillito crispado
y los ojos saltones,
en la que tú tomabas el café, el te verde y la manzani-
lla.
El Gatico de la cola vertical, mirando al cielo
como un minúsculo telescopio.
¿Lo recuerdas? La taza tiene impresa una frase
en letras rojas:
"So much pressure, so little time."
La he guardado en una vitrina,
junto a otros objetos muy queridos.
Ahí la tengo apartada,
para que nadie la use
ni vaya a perecer en los trajines
propios de la cocina
y acabe hecha pedazos en el basurero.
¡No! Esa fue tu taza preferida.
En su borde libaron tus labios
de caimito maduro...extractos preferidos.
Nada de Coca-Colas ni otros brebajes.
En ella sólo degustabas el sabroso café,
el te verde, y la milagrosa manzanilla.

Y cada mañana,
en que necesito saber cómo amaneciste,
y si ya rezaste,
aprovechando los poderes telepáticos de los gatos,
le pregunto al *gatico de los ojos saltones.*
Y él me lo cuenta todo.
Porque él conserva -junto a los *efluvios homeopáticos*
del café, el té y la manzanilla-
la sombra de tus pensamientos
y el vaho inmarcesible de tu aliento...

                                        Fernando

El faro en la roca

Navego hacia lejanas playas de arenas finas,
mas me asaltan las furias de genios ignorados.
Afronto los oleajes más arremolinados
y esquivo torbellinos de fauces repentinas.

Voy tras un infinito sin mapa y sin compás.
Una voz interior me apremia ¡hacia delante!
Mi corazón inquieto, mi fiel acompañante,
me grita inexorable ¡no te rindas jamás!

Confieso que hay instantes en que mi fe declina
y cuando en mi desgano la duda me domina;
lanza el faro en la roca su señal de victoria...

Señal que sigo y tomo como segura guía
¡Pues yo sé que tú eres, allá en la lejanía,
ese faro que alumbra mi oscura trayectoria!

Ilusión

Un día de San Valentín

Yo lo presiento... llegarás un día
rompiendo espumas, desafiante y sola,
con el destino exacto de una ola
al litoral de mi melancolía.

¿No sientes ya una tímida alegría
y un suspiro inocente, como estola
que acaricia tu cuello y tornasola
el primer jueves[5] de tu fantasía?

Y como hoy es 14 de febrero,
deja por mí que diga que te quiero
con voz nerviosa mi palabra trunca...

Mi ocaso vuela hacia tu meridiano...
¡Va a poner en la palma de tu mano
un beso tibio que no acabe nunca!

Fernando

Visión

Caracas. Salí a ver la primavera
y traerte tu rosa perfumada
y te encontré, perdida la mirada,
en el portal, junto a la enredadera.

Toda la noche la pasaste afuera,
explorando la bóveda azulada
en busca de la estrella enamorada
que ha sido tu amorosa consejera.

Tú, en éxtasis...Naciendo la alborada
y la bóveda azul aún estrellada...
¡Alba y noche en fusión! ¡Qué maravilla!

Y al irme, en busca de tu flor preciada,
vi la estrella en tu lágrima posada
y la lágrima ardiendo en tu mejilla...

Fernando

Limbo

Señor, dime la verdad:
-tras el purgatorio éste
¿he de hallar felicidad
y paz en tu Edén celeste?

Si ello es así, pena a pena,
resignada pagaré
todo el daño que causé...
Imponme, pues, tu condena.

Si ello es así, no querría
mi condena terminar,
sino que preferiría
¡siempre, Señor, noche y día,
mis lágrimas derramar!
Pero mi llanto sería
-¡don de la sabiduría!-
no un tormentoso pesar
sino un llorar de alegría
¡que es más rezar que llorar!

Ilusión

Hoy

Hoy hablé con antiguos cariños
a los que había olvidado por ti:
me colmaron de voces, palabras, risas, quejas,
e intentaron atarme a vencidas promesas...
Mas tu recuerdo siempre se abría paso
¡y se apoderaba de mí!
Hoy hablé con antiguos cariños -entre ellos-
Carmen y María Elena, Rosa, Yazmín y Marilú
¡Todas han perfumado mi corazón deshecho!
¡Pero ninguna como tú!
Hoy me han pasado muchas cosas:
tristeza, idilios, luz, recuerdos, sombras...
Y algo de dicha y mucho de dolor,
en tanto que trepaban del fondo de mi alma
viejas raíces de desolación.
Y nadie ¡nadie! hoy lograría
traerme esa sonrisa única
que espero en la hondonada donde estoy...
Ellas no saben cómo... Tú tampoco sabrías.
Ni ellas ni tú... ¡nadie podría hacerme feliz hoy!

                                                    Fernando

Canadá [6]

Es absurdo, y casi siempre horrible,
pasar y pasar días y noches
bajo el dominio total de las nieves,
con los ojos clavados en las heladas lejanías..
Horas vacías que sólo se llenan
con el indefinible color de la bruma,
donde la horizontal seriedad de la muerte
jamás se curva...
Horas sin esperanza
en que las nubes crujen
astilladas,
como miríadas de albatros
que sobre sus inmensas alas caídas, anclan.

¿Qué hace mi corazón entre las nieves?
¿Se ha convertido acaso en tenaz alpinista
con botas y con cuerdas alquiladas,
que sueña conquistar con dientes y uñas
el remoto Everest de la esperanza?
¿Y ella? ¿Por qué su rostro
perfora el tiempo y aún su sonrisa irradia
sobre las latitudes abismales
de esta soledad ártica?

¡Qué triste me resulta ahora
cada ingenuo camino
que recorrieron mis felices plantas!
¡Perdí el calor de aquellas manos suaves
y el cristal de su voz enamorada!
¡Cómo me duele aquel París de ensueños
y cómo los colores y el aire de La Habana
y los inviernos tímidos y las risas frutales
de las muchachas de Caracas!

¿Dónde estará Ilusión?
¡Mi corazón
muerto de frío sin cesar la llama!
¿Volveré alguna vez a oír su risa
y a jugar al pimpón con sus palabras?
¿Querrá San Rafael Arcángel
sacarme vivo un día
de en medio de este duelo unánime
de cumbre blancas?

Fernando

Tus oraciones

Ilusión ¿Te estarás acordando de rezar?
¿Recordarás el sabio proverbio,
"La Oración es la fortaleza del hombre
y la debilidad de Dios"?
¿Sabes acaso que yo rezó por ti?
Mientras yo viva, cada día
rezaré por ti aquellas oraciones
que tanto quise que aprendieras.

Al levantarte...
"No tengas miedo de lo que el futuro te pudiese deparar.
El mismo Dios amoroso que hoy te tiene en sus manos
cuidará de ti mañana y todos los días de tu vida. Y ese
mismo Dios será el escudo que te protegerá de peligros y
sufrimientos o te dará la fuerza invencible para afrontar-
los con serenidad.
"Anda, pues, en paz y arroja de ti todos los pensamientos
depresivos y las ansiedades que asalten tu imaginación.
Amén" [7]

"San Rafael Arcángel, tómame de tu mano y llévame por
la senda del triunfo y del bien, como hiciste con Tobías
hijo. Cúrame de todos mis males, como hiciste con Tobías
padre. Ampárame como a San Juan de Dios. Sé mi médico
y sé mi guía. Amén."

Al acostarte...
"Ángel de mi guarda, dulce compañía,
no me abandones ni de noche ni de día,
ni en la hora de mi agonía. Amén." [7]

Y por tus difuntos...
"Dales, Señor, el descanso eterno. Que brille sobre ellos
la luz perpetua. Haz, Señor, que vivan por siempre entre
tus Ángeles y tus Santos, porque Tú eres misericordioso.
Señor, dales la paz. Amén."

¿Dónde estás?

¿Dónde estás? Te he buscado entre la gente
con que tropiezo cada día,
necesito encontrar en tu existencia
una ilusión para la mía.

Creo sentir el fuego de tu aliento
y es el viento que trae
en un susurro
y en un suspiro,
una piadosa ráfaga de amor
¡por eso sé que no deliro!

¿Dónde estás? Siento tu callada sombra:
cauteloso te acercas,
al acecho,
porque estas temeroso de encontrar en mi pecho
esta desconcertante paradoja:
la de llevar raíces ocultas como el árbol
pero entregarme al viento libre como la hoja.

Ilusión

Cerezos en flor

(ante una postal de Ilusión)

Siempre que vea los cerezos en flor
me acordaré de ti...
Separados o amándonos,
no lo dudes, amor
¡me acordaré de ti!

Los vi
por vez primera
en un lejano otoño
en que a Washington fui.

Y, ahora, tú,
con tus cerezos florecidos,
desde Japón
has venido a embriagar de nuevo
mi corazón.
Tú, la amorosa muchacha,
la del viajero corazón herido
al pie de los cerezos suspendido
igual que un colibrí
tornasolado
junto a una hoguera de celestial fuego rosado;
has conseguido -¡sí!-
que siga enamorado
locamente de ti...

Japón:
derramado dragón,
cordón
circular de volcanes
sobre el Pacífico lejano,
mares de perlas y ballenas
y arenas concebidas del carbón.
Japón:
jamás habría
sido para mi limitada
poesía
un motivo de inspiración...
Pero hoy ya siento que lo es
por esa mágica fotografía
tuya bajo los cerezos en flor
que he venido a encontrar el otro día.

Y ahora que ya lo sabes;
ahora que estás lejos de mí,
oye de nuevo,
atenta a cada uno de tus cinco sentidos,
lo que un día te prometí:

Amándonos o separados,
felices o desilusionados,
animados o entristecidos:
con la misma alegría
del día
en que te conocí,
siempre que vea cerezos florecidos
¡me acordaré de ti!

Fernando

Mi faro

Dejé mi ayer azul de aguamarinas
y entré en la dimensión de lo ignorado
de un mar oscuro y arremolinado,
plagado de cavernas submarinas.

Dejé atrás mis vertientes cristalinas
e ignoro dónde estuve y lo que he andado
y mil veces mi amor desorientado
¡atravesó corrientes asesinas!

¡Arduo ha sido mi viaje! Ya mis fuerzas
ceden a la fatiga y a la duda...
¡Ven, necesito que mi rumbo tuerzas!

¡Por ti ya veo mi horizonte claro!
¡Ya tu luz vence la distancia muda!
¡Voy derecho hacia ti! ¡Tú eres mi faro!

Ilusión

Separación

Han pasado los años, cinco, diez... ¿cuántos años?
y durante este tiempo, no nos hemos hablado.
Y tampoco te he visto.
Creo haberte olvidado,
pero, ya ves, no es cierto.
Pienso haberlo logrado,
Pero -¡qué va!- no puedo.
Y es que quizás no quiero,
porque nada bendigo tanto
ni con esta emoción que no sospechas tú,
como los años que pasé contigo
¡años de mi vibrante juventud!

¡Si tú supieras cuánto te recuerdo!
Seguramente te conmoverías.
Y entonces sí comprenderías,
cómo a tu lado residí en el cielo...
aunque explicártelo no supe
durante el tiempo que fuiste mi dueño.

Pero ahora tengo las palabras.
Porque inventé un idioma
tan sólo para hablarte a ti,
Pero ¡qué triste! porque ahora
estás lejos, muy lejos, demasiado lejos de mí.

Hoy te diría, por ejemplo,
que aún recuerdo aquel día en que
tomaste mi mano por primera vez
y acariciaste mi frente, por primera vez...
Y la primera vez que nos besamos
y la primera vez de todo, porque fuiste
todo en mi vida, la primera vez...

Hoy te diría que, a través de ti,
del amor he aprendido el abecé.
Que nunca nadie me ha mirado
con tu mirada de fuego y miel;
que visité del mundo las cumbres y los valles
y en ningún otro ser hallé
alguien cual tú que mereciera
tener el universo a sus pies.

No sé, si aún me recuerdas, en qué forma lo haces,
o si nuevos amores han colmado tu sed.
¡Qué triste es no poder decirte
frente a frente estas cosas! Lo sé...

¡Qué inútil extrañarte!
Qué inútil que sea yo quien siente celos hoy...
¡Sí! Celos de los ojos que ahora te están mirando,
y celos de las voces que te hablan,
y celos de los seres que tú añoras
¡Celos aun del pensamiento mío
que logra visitarte ahora!

Ilusión

He andado senderos [8]

He andado senderos de la mano blanca
que la Muerte tiende al mortal incauto
y el soplo suicida con que va alentando
el hallazgo iluso de un falso nirvana.

He andado senderos sin ver a mi espalda
la sombra callada del cruel mercenario
que lanza sus redes fingiendo un abrazo
al tiempo que urde su fría mortaja.

Mas también recuerdo tu noble mirada
que angélicamente previó mi desgracia
y vertió el viático de mi sanación...

Nunca he de volver al mismo sendero
y he de buscar ávida, si acaso flaqueo,
tu mirada: ¡fuente de mi salvación!
Ilusión

CAPÍTULO VI

CUANDO TODO ESTÁ PERDIDO,

A MENUDO LLEGA LA ESPERANZA.

JOHN RONALD REUEL (J.R.R) TOLKIEN,
ESCRITOR INGLÉS (1892-1973)

Reencuentro

En cumplimiento de la promesa de Goethe: *"Cuando el cielo quiere salvar a un hombre, le envía el amor,"* el destino tenía previsto que la historia de Ilusión y Fernando no terminase en la esperanza inútil de un encuentro imposible.

De tal forma que en 1974, habiendo transcurridos unos trece años desde su divorcio, el destino dispuso que Ilusión y Fernando sorpresivamente se encontraran de nuevo.

Fernando se hallaba de viaje por los Estados Unidos de Norte América y México, completando un reporte sobre el impacto para Latinoamérica de la reciente renuncia de Richard Nixon a la Presidencia de los EE.UU. –como consecuencia del escándalo de Watergate- acaecida ese 8 de agosto. Y había decidido trasladar a sus hijos a La Florida pues éstos -ya entrando en la adolescencia- se encontraban de vacaciones. Planificó reunirse con ellos al finalizar su misión, y se alojaron en una suite del famoso Hotel Biltmore de Coral Gables, en el Sur de La Florida, dispuesto Fernando a tomarse él también unas vacaciones.

Una mañana, leyendo la sección artística de un periódico local, encontró que en una galería del Boulevard Ponce de León, cercano a la conocida vía de *Miracle Mile*, estaba teniendo lugar una exposición de obras escultóricas de ¡Ilusión!

Perplejo, leía y releía la reseña: *"La conocida escultora franco-venezolana expone una colección de obras representativas de su característico estilo simbólico de la complejidad multi-dimensional del ser humano..."* Viendo una fotografía que acompañaba la reseña, se percató de que el paso de los años no había mermado la belleza de Ilusión.

Pensó acercarse de inmediato a la galería y sintió cómo, preso de ansiedad, le temblaban las rodillas. No podía, sin embargo, dejar de hacerlo. Tan pronto como le fue posible se trasladó al lugar, pero la galería estaba aún cerrada. Esperó impaciente mientras se tomaba una taza de café, al otro lado de la calle. Sus hijos decidieron irse a caminar por los alrededores de la zona que tenía la familiaridad tropical de alguna avenida de Botafogo, o Copacabana, sin el congestionamiento y bocineo ensordecedor típicos de Río de Janeiro.

Nervioso, Fernando vio pasar el tiempo. Una hora, dos... Cerca de las 11 de la mañana, vio a una joven de ágiles pasos acercarse a la galería –¿Sería que Ilusión no asistiría ese día?- La joven abrió el local, entró y cerró la puerta tras de ella. Fernando la vio voltear un cartelito con un "OPEN" dirigido hacia la calle.

Controlando sus pasos, se acercó. Y entró. La joven encargada lo saludó con un *"Welcome to our exhibit, Sir"* y le entregó un folletito que hablaba de la galería y de la colección de obras expuestas. Sin hablar, con un simple gesto de cortesía, Fernando asintió, e inició su recorrido por la sala.

De repente, voló al pasado. Estaba frente a una figura alegórica de *"El Beso"* que formaba parte de un grupo titulado *"Homenaje a Rodin."* Con el corazón latiéndole aceleradamente, evocó aquel día primaveral de 1950 en que Ilusión y él se habían encontrado en el Museo de Rodin, en París, por primera vez, y los versos que a ella le había dedicado:

El gorrioncillo regresó gorjeando
a posarse en la banca.
Todo vibró.
Las hormigas bailaban y cantaban
sobre el bombón.
En la escultura de Rodin -la de El Beso-
cada amante se desmayó.
Y convencido
de que era inútil cavilar
en torno al amor,
El Pensador se cruzó de brazos
miró a los cielos
y sonrió...

Recordó a París, el Museo, el jardín, la banca, el aroma de café... Y ella, y su falda gris y sus zapatos negros, y su bufanda cayendo sobre el suéter de grana, y la boina que cubría la mitad de su pelo...

En la pared, aparecía enmarcado el siguiente poema, escrito por Ilusión:

El escultor

El escultor oyó el sollozo
de la pulida serpentina[9]
y alzó con ansia repentina
su mano en inasible esbozo...

Trazó en el aire una figura
y el genio le infundió su aliento
y anunció el sol el nacimiento
de la esperada criatura.

Y urden, en mágica fusión,
cincel, martillo y emoción
¡el fiel milagro de esculpir!

Y Dios le dice al corazón:
¡No ha sido en vano tu misión!
¡La piedra inerte va a vivir!

De pronto sintió que tiraban de su mano, al tiempo que una voz infantil le decía: *"¡Vamos, Daddy, Vamos!"* Se volvió sorprendido mirando hacia abajo; a su izquierda, una hermosa niña rubia de unos tres años de edad, obviamente lo había confundido con otra persona. Su sorpresa fue mayor al ver acercarse a una joven señora que clamaba, en tono alarmado, *"¡Isabel, Isabel!"* al tiempo que avanzaba hacia ellos, tomaba a la niña de la mano, se excusaba nerviosamente con Fernando, y se retiraba. Fernando permanecía estupefacto. *"Isabel... Tenía que haber un ángel en el cielo con ese nombre. ¡Nuestra Isabella!"*

Inmóvil como estaba, volvió la mirada a la figura de *El Beso*. Cerró entonces los ojos y quedó en éxtasis, como aspirando un perfume añorado... y sintiendo vibrar su aura ante la proximidad de una presencia amada. Seguro de que alguien lo escrutaba a sus espaldas, se volvió. Sus ojos, casi desorbitados, se humedecieron con lágrimas de júbilo, y sus brazos, temblorosos, se transformaron en golosos tentáculos. Se acercó a ella y, sin decir palabra, la abrazó desbordadamente. Y la besó con la furia global de un huracán.

¡Era Ilusión! Ella lo contemplaba llorosa y demudada.

Y de súbito, reapareció París. Con toda su magia y con toda su fuerza. ¡Ah, París! La alegría de ambos era una fiesta, exaltación solemne, gratitud y redención, todo en un remolino de emociones que sólo ellos sentían y sólo ellos podían comprender y compartir.

La encargada de la galería los miraba abobada, la mandíbula a medio caer. Al verla, Fernando e Ilusión estallaron en carcajadas. Y sin darle explicación alguna, se sentaron solos en el sofá de una salita privada del local. La encargada los seguía observando a través de una división de cristal.

Los hijos de Fernando llegaron al vestíbulo de la galería. Su talla, más alta de lo normal para su edad; su contextura fuerte, como la de su padre, y su atractiva fisonomía -pómulos sobresalientes; labios carnosos; cabellos color de azabache, abundantes y un tanto rebeldes, que contrastaban con la blancura de su piel; ojos verdes, y mejillas enrojecidas por el sol tropical- contribuyeron a poner aún mas nerviosa a la joven encargada que pensó estar viendo doble, tal era el parecido de aquellos apuestos gemelos.

Fernando los había visto entrar, salió a buscarlos y, hablándoles en portugués, los llevó a la salita donde esperaba Ilusión.

Allí tuvieron lugar las presentaciones formales. Ilusión no pudo ocultar su inmediata simpatía por los hijos de Fernando. *"Este es Rodrigo,"* dijo Fernando, señalando a uno de ellos. *"Dentro de unos años ingresará en la Escuela de Aviación. Quiere ser piloto... Y éste es Gonzalo. Quiere ser escritor. De hecho ya escribe. Cada semana le dedica un poema a su enamorada."*

Riendo con todo gozo, Ilusión exclamó: *"¡A lo mejor salió zalamero como su padre!"* Todos rieron. Fernando invitó a Ilusión a cenar con él esa noche y se despidieron aun con las manos enlazadas, ninguno de los dos queriendo ser el primero en soltar las manos del otro.

El encuentro representó un nuevo despertar al ensueño y la esperanza. Durante las semanas que compartieron en Miami, como nuevos novios, Ilusión y Fernando se vieron a diario. Y cuando los hijos de Fernando debieron regresar a Río de Janeiro para reiniciar sus actividades escolares, él decidió permanecer unos días más en Miami.

Ha amanecido

Ha amanecido el porvenir lozano,
con cielos despejados tras las rudas tormentas
que ayer nos azotaron con ráfagas violentas
hasta hundirse en las sombras del poniente lejano.

Y hoy soy feliz al verte a salvo y tan cercano.
Y tú feliz también porque estoy a tu lado.
¡Demos gracias a Dios porque nos ha premiado
con este gran milagro de su divino arcano!

Al ver cómo sufríamos, el Señor se ha apiadado
y conminó a sus ángeles a mover cielo y tierra
y al enemigo hacerle continua y tenaz guerra

hasta ver nuestro amor de gloria coronado,
¡disperso el enemigo! ¡conquistado el futuro!
¡y nuestro sueño en hombros del ideal más puro!

                                    Ilusión

¿Qué quieres que haga?

¿Qué quieres que haga? Di... ¿Qué quieres que haga,
si intercambiamos penas y sonrisas
y a mi soledad llegas y me avisas
que aún bálsamo hay para mi antigua llaga?

Si con relatos íntimos halaga
tu voz mi fe y les da pautas precisas
a mis desesperanzas y mis prisas...
te vuelvo a preguntar ¿qué quieres que haga?

Lo que hago yo... pues, mira: es extrañarte...
buscarte... compartir contigo mi arte...
mis locuras... en fin ¡todas mis cosas!

Tú eres el *Hada Azul* que mi alma espera,
¡que en invierno echa a andar la primavera
con albas de oro y encendidas rosas!

                                    Fernando

Juguemos a ser novios

Y un día, en una insólita deserción compartida,
buscaremos la lumbre de los cielos cubanos...
¡Mira cómo las palmas nos dan la bienvenida
llenas de aplausos verdes sus empinadas manos!

Sinsontes en los bosques, luz y brisa en los llanos
y el mar con sus abrazos de espuma enardecida...
Y albas de oro y fulgores de luceros lejanos
ungiendo nuestro beso de encuentro y despedida.

Después retornaremos a tu tierra sonora
a escuchar desde el lecho nupcial, adormecidos,
los inquietos *turpiales*[10] anunciando la aurora...

Y un día, persiguiendo tu juvenil quimera,
partiremos sin rumbo, gloriosamente unidos,
¡donde a volar se antojen tus alas de viajera!

Fernando

Luna de miel en tu Cuba

Cuba... ¡la Isla de tus sueños![11]
sin conocerla la he visto
en la llama de tus ojos;
sin tocarla la he sentido
en el fuego de tu voz.
Visité Pinar del Río,
y Cárdenas, y Matanzas,
La Habana e Isla de Pinos.

Me describes una estampa
al mismo tiempo que miro
un Martí[12] de Rosas Blancas
en tu corazón y el mío.

Me has narrado mil historias,
verdades, cuentos y mitos:
amor de Ignacio y Amalia;
el inicuo sacrificio
del indio Hatuey y de Yara.
Y sumida en el hechizo
de tu emotiva palabra
advertí cómo un suspiro
entretejió tu nostalgia
al júbilo de este idilio
trayendo el llanto a tus ojos
y dejando todo inscrito
¡en un mensaje de estrellas
sobre tu cántico lírico!

Ilusión

Estas fantasías idílicas –dos novios jugando a irse de luna de miel- eran mitad ficción, mitad realidad, pues Fernando eludía el tema de reanudar el matrimonio que trece años atrás habían disuelto legalmente.

Inicialmente, Ilusión pensó que la renuencia de Fernando a nuevas nupcias obedecía al hecho de no querer imponerles otra madre a sus hijos. Pero su intuición de mujer le decía que había algo más que Fernando no le estaba confiando. Y Fernando se resistía a hablar de ello.

Una noche, tras una larga y apacible velada en la que Ilusión y Fernando compartieron recuerdos y experiencias de esos trece largos años de separación, Ilusión intentó forzar el tema. Pero Fernando continuó mostrándose evasivo:

-"¿Para qué arriesgarnos a arruinar este hermoso idilio? Te propongo un noviazgo eterno..." La exhortó a no romper el idilio, al tiempo que brindaba por un "futuro feliz aunque incierto."

Ilusión no insistió; más bien su afligido corazón la impulsaba a abandonar la escena. Fernando intentó explicarse.

Así pues, esa noche Fernando le confesó que si bien era cierto que continuaba profundamente enamorado de ella, no lo era menos el que su corazón ya no sería capaz de resistir otro fracaso sentimental, pues su divorcio de ella y la posterior muerte de Eleonor, su segunda esposa, le habían infligido heridas imborrables a su espíritu. El tendía abiertamente a refugiarse cada vez más en sí mismo. Y a propósito de ello, le citó a Ilusión los siguientes pensamientos del poeta y dramaturgo alemán Enrique von Kleist (1766-1811):

"Es irresponsable el despertar de nuestra ambición... somos pasto de una Furia... "Solamente puedo estar satisfecho cuando estoy en compañía de mí mismo, pues sólo entonces puedo ser sincero."

Ilusión sintió que una descarga eléctrica le sacudía las entrañas. Nunca antes, hasta ese preciso instante, percibió en toda su gravedad, la devastación sentimental por la que atravesaba Fernando. Éste, por su parte, escribió esa noche uno de sus poemas más desgarradores:

La copa[13]

He aquí la copa.
En ella están inscritas
las iniciales de mi nombre;
e inscrita está la huella aún tibia de su boca...
Y siento el vaho dulce de sus palabras
-fundido al bouquet íntimo del vino-
que de su fondo brota...

Porque
al fondo de esta copa transparente
aún veo brillar la última gota
del noble y veneciano Bella Sera[14]
con el que celebrábamos anoche
la improvisada cena.
Y en esa misma gota roja
amaneció la luz de esta mañana
haciéndose preguntas
cuyas difíciles respuestas
tan sólo conocemos dos lejanos amigos:
yo y ella...

He aquí la copa.

Mi bella amiga es de tez clara
y cabellos de fresco trigo de oro,
con poéticas gotas de nostalgia
que a veces entristecen el brillo fascinante
de su mirada.
Ella llegó una noche
hasta mi camarote de libros y papeles.
Venía poseída de un inefable arrobo
y llegaba cansada de aventuras
y de romances náufragos...

Y sucedió que mi corazón era
una sentimental esclusa,
fraternal y ancha.
Y mis radares y sonares sutiles
al punto percibieron
las señales de arribo de su barca.

¡Cuánto encanto en dos viejos y amorosos amigos
 que vuelven a encontrarse y sienten que aún se
aman!
¡Qué luz en dos banderas peregrinas
que al soplo de la buena brisa
cruzan sus sedas y se abrazan!

Más allá de la prisa muda de los relojes
hablamos, hablamos, hablamos...
Y entre evocaciones a veces felices, y a veces tristes,
las horas como pájaros tardíos,
veloces pasaron.

Y pasaron con ellas
París, el Arco, el Louvre,
los museos,
el Sena y los pintores
y los bohemios.
Y los viajes tomados de la mano.
Y los éxitos.
Y los fracasos.

Ella:
el arte, las estatuas, los salones.
Las separaciones y el divorcio.

El:
Corresponsal de política y guerra.
Peregrinaje aventurero.
Celos y nuevas nupcias.
Reportajes, revistas y periódicos.
Y la viudez inesperada
como el hallazgo súbito
de una macabra trinchera sin fondo...

¡Sí! Por supuesto, hablamos, hablamos...

¡Revivimos tantas memorias!
¡Erguimos tantas viejas alegrías,
y sacamos a flote tantos asombros!
¡Hablamos de aventuras y desengaños!

¡Del amor y el olvido y la vida y la muerte!
¡Hablamos, en suma, de casi todo!
Pero al final llegó el desfondamiento.
El puente entre mi angustia y su alegría
se derrumbó de pronto.
Y la verdad se irguió como un abismo gris
entre nosotros.
Y cual muertos a quienes ya no asombra la Muerte,
no hubo sorpresas ni sollozos.
Y sobre tantas tumbas y tantas flores muertas
tapadas por tantos inviernos hoscos,
un deshielo fatal e indetenible
dejó asomar las cruces para explicarlo todo...
¡Y todo se deshizo, pero sin una lágrima...
así, cual si estuviésemos repitiéndolo todo!
Fue la nueva vivencia de un antiguo destino:
como si ya supiésemos el porqué, el cuándo, el
cómo...

Y nos quedamos frente a frente,
con el adiós parado en la mirada
y el llanto inmóvil en los ojos...
Nuestras manos se unieron en silencio
como suelen unirse las manos de los novios.
Mi piel halló en la suya un calor conocido
y un temblor que venía de tiempos muy remotos...
Manos como las nuestras usan lenguas ocultas
¡y nuestras manos juntas se lo dijeron todo!

Y entre el encuentro y el adiós de anoche
hubo música y versos, celestes clavicordios...
Y la patria pasó como un relàmpago
con sus caudillos, hombres y mujeres,
y sus sátrapas paranoicos ...

Después bajamos hasta el amplio lobby
rodeados de arecas, entre luces y sombras,
en medio de valets ceremoniosos.
Y, arriba,
la luna llena errando por los bosques celestes.
Y abajo,
el rumor del Atlántico cual perenne trasfondo.
- ¡Adiós!... me dijo.
- ¡Adiós!... le respondí... Y eso fue todo...
Y a pesar de las ganas de besarnos a gritos
¡tuvimos que besarnos con los ojos!
Y se la fue llevando como un sueño que huye
su coche rojo...

Me he preguntado: ¿Volverá algún día?
¿Volverá su sonrisa alguna noche
con otra antología de versos amorosos?
¿Cuántos opuestos pensamientos
estarán lacerando su retorno?
¿Y qué agorera estrella
de sombríos augurios
se llevará posada sobre el hombro?

No sé...Pero yo pienso
que el Boulevard de luces amarillas
con sus tabebuias todavía durmientes
y sus palmas de cocos
y sus lagartos escondidos
y sus pelícanos dormitando
sobre los barandales de los puentes,
lo saben todo...

Yo subí pensativo
a mi rincón de libros y de versos.
Besé la copa de ella, mas sin turbar la gota
de rojo vino
que yacía en su fondo.

La copa se durmió al pie del ventanal del Este.
Y un rayo de la luna bajó compadecido
y besó aquella última gota de vino rojo.

Y hoy he quedado sorprendido,
bajo la aurora tímida de este martes brumoso,
entre preguntas sin respuestas,
aquí en el comedor, sentado solo,
mirando arder al fondo de la copa,
en la gota de vino coagulada
¡la luz desconsolada de sus ojos!

Fernando.

Los siguientes dos poemas resumen, con elocuencia, la forma en que Ilusión fue asimilando la inexorable realidad: el reencuentro con Fernando no sería lo ideal que ella había imaginado.

Plegaria I

Llevo ya varios días con un nudo en el alma
que me estrangula y me deja sin aire,
agotada... vencida... sin poder pensar casi...
Hace tiempo que todas mis noches son insomnes.
Pero anoche me venció el cansancio.
Temblorosa, de tanto cavilar y llorar,
y repasarlo todo y volver a llorar...
¡Siempre a llorar!

Recordaba lo mucho que he rezado por ti,
y cómo hora tras hora mi plegaria elevaba:
-ésa plegaria que ahora tú conoces-
y que ya yo rezaba antes de conocerte.
¡La oración por mi alma gemela!
¡Alma que desde siempre ilumina mis sueños
con misteriosa luz!
De cuya ignorada existencia nunca yo había dudado,
pero que en encontrarla tanto me había tardado
¡hasta que apareciste tú!

En aquella oración yo siempre imploraba
que preservase Dios el candor de tu espíritu;
que te fortaleciera al afrontar tus penas
y éstas no te dejasen rezagos de amargura.
Que tomases las desventuras inevitables
como borrascas ocasionales en tu senda,
pero convencido de que nada podría tu senda cambiar:
pues esa senda, paso a paso,
¡habría de llevarte a la gloria final!

Y pedía lo mismo por tu salud física
que por tu paz y tu serenidad.
Porque tuvieras mil alegrías.

Y que no te envaneciera jamás la fortuna
ni te arredrara ningún pesar:
pues los seres privilegiados deben
saber que siempre oscilan
entre la cumbre del Bien y el abismo del Mal.

Y al final de mi última súplica,
le imploraba de nuevo a Dios
que me ayudara a encontrarte,
y que, en su infinita misericordia,
los tesoros que había imaginado
escondidos en tu ternura y bondad,
los hiciera en mi vida
maravillosa realidad.

Y el Señor no ignoró mis ruegos.
Incansable viajera, tras de surcar mil mares,
toqué en tu amor el puerto de la felicidad.
Y, habiéndote perdido, ¡Oh, vida esplendorosa!
¡Hoy te he vuelto a encontrar!

Pero en esta oportunidad que Dios me ha dado,
-acaso mi última oportunidad-
le ha puesto otra dura prueba a mi amor:
detener mi esperanza ante a la puerta de tu felicidad
ya que tú dudas si me dejas o no pasar...

Ilusión

Quiéreme

Tu cariño atesoro cual prenda amada
que mi corazón huérfano perder teme.
Fíjate... no me atrevo a pedirte nada...
Pero si te es posible, por favor, quiéreme.

Pese a tu ausencia, vives en mi presencia.
No es raro que sin verte mi voz te llame.
Y tú, al menos, intenta borrar mi ausencia
y aunque no nos veamos nunca... ¡recuérdame!
 Si en sueños nos besamos -¡febril intento!-

son besos tan reales que se despierta
mi corazón quemándose de contento
¡pero encuentro mi cama siempre desierta!

Me hablas...Cierro los ojos. Oigo tu acento
y callo... Mas no pienses que estoy dormida.
Rezo... Y a Dios le pido que me dé aliento
¡para estar a tu lado toda la vida!

Ilusión

Fernando debe regresar a Río de Janeiro y le pide a Ilusión que lo visite tan pronto le sea a ella posible. No quiere hablar más de preocupaciones y temores. La invita a celebrar el Carnaval de Río, famoso en el mundo entero por sus fastuosas comparsas, escuelas de samba, e interminables horas de música y danza.

Convencida de que la vida le ha regalado una oportunidad que no puede desperdiciar, Ilusión le confiesa a Fernando que aunque respeta su decisión de no casarse con ella, no piensa mantenerse alejada de él. Así, acepta la invitación a Río, aunque en su fuero interno sabe que no va a esperar los largos meses que faltan para esa fecha. ¡Ha decidido planificar, secretamente, su mudanza por tiempo indefinido a Brasil!

CAPÍTULO VII

HAY MOMENTOS EN QUE

CUALQUIERA QUE SEA LA

POSICIÓN DEL CUERPO,

EL ALMA ESTÁ DE RODILLAS.

VÍCTOR HUGO,
ESCRITOR FRANCÉS (1802-1885)

Elevación

Tal y como se lo había propuesto, y sin que mediara promesa o compromiso alguno por parte de Fernando, Ilusión se trasladó indefinidamente a Río de Janeiro, la ciudad donde él residía con sus hijos. Para entender su decisión, es necesario volver la vista atrás, hacia las motivaciones que la habían llevado a separarse de él originalmente.

En efecto, durante su matrimonio, particularmente durante los últimos años, no fueron pocas las veces en que Ilusión llegó a dudar del amor de Fernando, por encontrarlo opresivo y egoísta. Sus celos injustificados le eran particularmente sofocantes. Él, por su parte, exigía un amor sin condiciones, un vínculo sin fragilidades, que no diera lugar a la menor duda en las prioridades de Ilusión. En otras palabras, para Fernando el amor y su relación con Ilusión no admitía segundos lugares: era todo o era nada.

Con los años, sin embargo, la apreciación por parte de Ilusión de esos sentimientos –así como de su propia reacción frente a ellos- había ido cambiando. Ella entendió que la impetuosidad de ambos, propia de la juventud, había sido exacerbada por sus respectivas personalidades, inmunes a todo lo accesorio o incidental, así como a cualquier concesión que pudiera ignorar, relegar, traicionar –siquiera exiguamente-

sus respectivas actitudes ante la vida.

La natural individualidad de Ilusión había sido estimulada en su juventud por autores como el filósofo y economista inglés John Stuart Mill (1806-1873), autor de *Sobre la Libertad*, quien abordó el tema del rol de la libertad individual indispensable para el desarrollo personal vis-à-vis la responsabilidad del individuo frente a la sociedad. La formación de Fernando, por contraste, supeditaba todo individualismo al bienestar y armonía de la sociedad.

En el ámbito religioso, Fernando era dogmático y respetuoso de las tradiciones; en tanto que Ilusión concordaba más con la visión del teólogo dominico Santo Tomás de Aquino (1225-1274), que sostenía que el hombre sí puede llegar a Dios a través de los sentidos (y no necesariamente por la vía puramente espiritual, contemplativa) y –más importante aún para Ilusión- de su propio *sentido común*.

Aferrada a ese punto de vista, ella se amparaba no sólo para cuestionar a la Iglesia Católica, sino también para explorar y evaluar otras doctrinas, cristianas o no, como el protestantismo, las religiones orientales ortodoxas, el budismo oriental y el sintoísmo japonés. Esta constante indagación acerca de otras perspectivas del mundo espiritual no sólo no interesaba a Fernando, sino que a ratos podía impacientarlo. *"No hace falta cambiar la religión –o cambiarse de religión- para ser feliz,"* sostenía sentencioso.

Aún menos tolerancia lograba sentir Fernando por otros autores apreciados por Ilusión, como la francesa Simone de Beauvoir (1908-1986), que la estimularon a ahondar en el tema de la libertad y sus implicaciones en términos de la emancipación de la mujer. Fernando estaba totalmente de acuerdo en que las mujeres tenían el mismo derecho de los hombres a buscar la felicidad. Sin embargo, la idea de permitirle a una mujer el mismo tipo de libertades, particularmente sexuales, con que el hombre tradicionalmente había sido favorecido, reñía con el ideal femenino de Fernando, el de la entrega amorosa absoluta, exclusiva e incorruptible.

Para Ilusión, por su parte, alcanzar su realización personal era más que un deseo, un derecho inalienable. Y si el precio para lograrlo era su soledad –o sea apartarse de Fernando- ella estaba dispuesta a pagarlo.

Pero toda esa rígida filosofía de vida, toda esa preceptiva de lo que es posible y permisible en contraste con lo que es imposible e inaceptable –un ejercicio esencialmente racional- sorpresivamente se había derrumbado y deshecho en mil frases y citas inconexas e irrelevantes. Porque, ¿quién puede negar que en la vida haya algo más glorioso que el que nos sea dada una segunda oportunidad de amar lo que habíamos dado por perdido? Frente a esto, frente al torbellino del amor reencontrado, es imposible no rendirse con total abandono.

Ilusión había sufrido mucho durante los años en que no supo nada de Fernando. Había extrañado verlo, sentir sobre ella su mirada tierna y su sonrisa franca. Había extrañado su voz, esa voz grave y cercana. Su calor. Su compañía. Su manera de hacerla sentir querida e importante. Su manera de hacerse sentir –por el amor de Ilusión- querido e importante...

Como si fuese poco todo este cúmulo de reflexiones, Ilusión también sabía que Fernando había regresado a su vida cambiado, con la peor enfermedad que puede atacar al alma humana: el miedo, miedo a sufrir y a hacer sufrir, y la deliberada decisión de no repetir los errores del ayer. Errores de corazones apasionados de los cuales ella era coautora y estaba decidida a enterrar en el pasado.

Fiel a su personalidad, Ilusión decidió que no había tiempo para lamentaciones. No había tiempo que perder. Fernando había decidido no casarse con ella de nuevo, pero eso no le habría de impedir estar cerca de él.

Se trasladó a Río de Janeiro, rentó un apartamento con vista a la Bahía de Ipanema, y abrió un atelier donde ella trabajaría en sus esculturas al tiempo que ofrecería clases a estudiantes de arte.

Los poemas que cubren esta hermosa época en la vida de Ilusión y Fernando, agrupados bajo el presente capítulo, hablan del mismo gran amor que unía a estos dos seres; amor que en esta etapa de su vida intentarían sublimar, quizás hasta niveles místicos, a pesar de la recíproca atracción física que los dominaba.

¡Qué feliz soy!

Quiero que sepas que una vez
intenté, cruel, matar tu amor
¡porque te estaba amando mucho
mi enloquecido corazón!

Y cuando se ama tanto así,
con tanto afán y tanto ardor,
el frenesí de los sentidos
desequilibra la razón...

Busqué borrar tu compañía
y entré a buscar la soledad:
pero mi solo hallazgo fue
¡ver que te amaba mucho más!

Quiero que sepas que los años
que pretendí sin ti vivir,
viví sin tu presencia... ¡pero
pensando día y noche en ti!

Busqué otros ojos que me hiciesen
no ver brillar los tuyos más...
pero al final de aquellos ojos
¡siempre encontraba tu mirar!

Busqué otros labios que extinguiesen
tu dulce aliento y tu sabor...
Pero de cada beso nuevo
¡brotaba tu respiración!

¡Gracias, Señor, porque has dejado
que ella retorne a mi vivir!
¡Qué alegre estoy! ¡Me la has devuelto!
¡Qué feliz soy! ¡No la perdí!

Fernando

Dices que querer quieres

Dices que querer quieres, sin que el amor te obseda...
pero que amar de nuevo no te cautiva ya.
Querer es grato como en invierno es la hoguera,
pero amar es cual brasa que quema sin cesar.

Tu querer es alegre correr de riachuelo
que tímido defiende su modesto caudal;
sin que altere su curso la furia de los vientos
que desatan el ímpetu de las olas del mar.

Tu querer no reclama la llama del instinto.
Tu querer al saciarse no sucumbe al hastío.
Otros al amar toman... Pero al querer ¡tú das!

Dime, amor mío, dime ¿no has advertido acaso
que al querer así pones el amor más en alto
y en resumidas cuentas, estás amando más?

Ilusión

Seguí mi azarosa ruta

Seguí mi azarosa ruta
en pos de destinos raros:
mares acaso más claros
tierra tal vez impoluta...

Débil Eva, ante la fruta,
me venció la tentación,
mudando mi corazón
y transformando mi sueño.

¡No viajar ahora es mi empeño
y quererte es mi ambición!

Ilusión

Torno la mirada al mundo

Torno la mirada al mundo:
falsedad, ingratitud,
espíritus sometidos...
¡Y tú!
Rendición a la miseria,
desolación y acritud
mediocridad, cobardía...
¡Y tú!

¡Tú!
que amas el universo
y la belleza del mar
y el dulce trinar del ave
y el olor del cafetal.

¡Tú!
que entiendes de la vida
y vives para el amor
y crees en el ser humano
y en la presencia de Dios.

¡Tú!
que alegras cada día
de mi vida, con ternura,
¿todavía te preguntas
si tu corazón me embruja?

Ilusión

Cosas del weather

La mañana fue poco a poco dilatando
 sus tentáculos de lluvia y niebla.
Afuera, al Este, el mar se rebelaba
contra los latigazos del viento.
Extraños lampos dejaban ver
las blanquecinas zarpas
de las olas en la distancia.

Y yo contaba tus escalofríos
y sentía el contacto de tus manos heladas
como dos moribundas mariposas,
empapadas las alas.
Y tu pelo asustado oliendo a lluvia.
Y esto me ocurre siempre que llueve, amada.

Yo no sé por qué voces
que vienen de selvas muy lejanas
-disparadas por sordos atavismos-
me asusta cuando llueve no tenerte
contra mi corazón apretujada.

Y como quien revive estrellas desmayadas,
esta noche de abril, erguido a 25 pisos,
he de entibiar tus manos temblorosas y frías
mientras miro los barcos asustando las sombras,
abajo, en el silencio total de la bahía!

Fernando

Cotidianamente

En la mañana,
 al abrir los ojos y mirar al cielo;
al desperezarme,
 aún tendida en mi lecho;
desde que tomo el desayuno
 hasta que me marcho;
mientras conduzco el auto
 acompañada de tu canto;
durante las continuas horas
 de cada jornada;
al hacer un alto
 para asistir a una reunión,
 o atender una llamada,
 o alguna otra interrupción;
al ausentarme distraída
 y sorprenderme a mi misma
 contemplando nuestra fotografía;
de regreso a casa al final del día,
 complacida,
 o tal vez
 no ya cansada sino rendida;
mientras tomo mi cena,
 y mientras leo poemas
en mi lecho...
 Desde que oro
hasta que mis ojos ya cierro...

Amor y amistad

¿Cómo hacer del amante apasionado
un amigo tan sólo de la amada?
¿Cómo tornar la ardiente llamarada
en inocente resplandor rosado?

¿Cómo trocar el beso desbocado
por sed voraz y sangre atormentada
en roce de una rosa preservada
del fuego de un amor apasionado?

La amistad ata con distintos lazos.
La amiga puede unirse a otros abrazos
y fundirse en el beso de otra boca...

Y es porque la amistad no engendra anhelos
locos... furia, embeleso, hechizo, celos...
¡ni otros delirios que el amor provoca!

Fernando

En cada paso de mi rutina cotidiana
noto sin asombro,
el asomo furtivo
de un pensamiento, un recuerdo,
o una imagen tuya
que me reaniman
e inefablemente alegran mis días.

Este incontrolable reflejo
se asemeja al ritmo de inhalar y exhalar
de mi propia respiración,
y sólo puede ser el resultado
de la necesidad de tu presencia
que aunque distante –y sin que lo imagines-
va sustentando mi existencia.

Ilusión

Tan cerca y tan lejos

Tan cerca y tan lejos de la playa mía
contemplo tu isla desde mi balcón
y ansiosa distingo en la azul bahía
la ola que late con tu corazón.

A mi derredor torno la mirada
para hallar en todo tu amada presencia
y palpo en mis carnes cada pincelada
que dejó grabada tu erótica esencia.

Yo busco tu voz y mi voz responde
sintiéndose el eco de tu lejanía
mientras mi razón la verdad esconde.

No puedo mirarte ni te puedo oír.
Junto a ti la vida qué bella sería...
Mas, sin tu presencia ¡qué triste es vivir!

Ilusión

Transmutación

¡Si tú supieras lo que estoy sufriendo!
Pero mejor que no...
Aunque en tus versos últimos
-que me han llegado al alma-
tú tienes toda la razón!
Entre las olas que hasta ti se acercan,
Ilusión,
la que con más amarga espuma late
ésa es mi corazón!

Y si en el mar que va de mi terraza
a lo alto de tu balcón,
oyes la queja triste
de una marinera canción
y descubres un pobre velero que se hunde...
¡Ese velero es mi corazón!

La ausencia que tu adiós me deja
es como un páramo de angustia y horror.
Y yo no puedo atravesarlo...
¡Me sobran agonías y me falta valor!
Soledad, sombras, cruces... ¡sin poder olvidarte!
Y no tenerte nunca y siempre recordarte
es para mí infortunio demasiado dolor!

Y frente a la amenaza de perderte,
siento con amargura
que el camino mejor
es renunciar a tu ternura
y sepultar vivo mi amor:
que un amor como el mío sepultado
tal vez la primavera lo haga nacer de nuevo
convertido en un gozo superior.

Ruega, pues, que este loco poeta enamorado
un jueves muera...
¡y que renazca un viernes transmutado
en tu amigo mejor!
Fernando

Pasión y juicio: contrapunto

¿Quién podría decir
que ha pasado por la vida con total rectitud,
razonable y sensato...
logrando llevar una vida casi perfecta?

Aun cuando me jurase que ha sido así,
confieso: ¡nunca lo creería!

Pues la pasión y el juicio son fieros adversarios
de nuestra humana esencia
y en ese contrapuntear constante
es que se orquestan penas y alegrías.

Si el juicio exige ¡lejos!... la pasión grita ¡cerca!
Si el juicio pide ¡frena!... la pasión dice ¡avanza!
Si al juicio se le agota el tiempo, pues la pasión lo
inventa.
Si el juicio nos censura, la pasión nos dispensa...

La pasión, a la postre, trastorna los sentidos
y confunde la mente, y nos va haciendo vanos,
y mimetiza lo imposible,
y aun lo que está distante, lo proyecta cercano.

Y en medio de esta encrucijada,
se queda sólo el compungido corazón
y en una tormentosa,
desesperada exhortación,
le pide al Cielo, a última hora,
que le conceda de sus muchos dones
¡el don de una prudencia redentora!
Ilusión

Pasión
vs. Juicio

José Castiello –audaz, genial, profundo...-
llamó al Amor, con magistral sentido,
"... del Dios eterno colosal latido
en el inmenso corazón del mundo!"

El juicio humano es torpe y errabundo
y, no importa si noble o retorcido,
queda, lampo fugaz, desvanecido
¡del amor en el vórtice fecundo!

Si no, dime... ¿en qué juicio sostenido
mi ser podría, casi moribundo,
erguir por ti este amor enloquecido?

Sólo esta gran pasión que me domina
les da a mis males un mentís rotundo
desde el cadalso de mi propia ruina.

Fernando

Ilusión responde
a Fernando...

La destrucción deja ruina.
La desolación deja ruina.
Una vida plena no deja ruina.
El amor a su paso no deja ruina.
Entre ruinas vive solamente
quien nunca ha amado.

Ilusión

Fernando aclara...

Sé que el vocablo *"ruina"* suena desesperante
y para atribuírmelo me hizo falta valor.
Pero sé que mi ruina se disipó al instante
en que en el alma mía se entronizó tu amor.

De ahí que de amor y ruina proclame lo que digo
-alta y limpia la frente y en paz el corazón-
Corazón que es ahora de la dicha testigo
gracias a las delicias de mi novia Ilusión.

Pues su amor de repente tornó en gloria mi ruina
e hizo de mi voz lúgubre jubilosa canción
y fue para mis penas la mejor medicina

y el más eficaz tónico para mi corazón...
¿Vas comprendiendo ahora mi adorada Chatina
por qué tu te llamas Ilusión?

Fernando

La rosa arrodillada

La rosa, oronda, se asomó a la vida
con su corona leve, casi alada,
y la invistió maravillado el sol
de todos los jardines, soberana.

Acostumbrada a su silencio gélido,
entra curiosa en su existencia nueva;
la circunda el halago inesperado
y los requiebros del amor la tientan.

Por eso, el día que una rosa veas
abierta, y con el tallo fiel doblado,
no es que un letal hastío la doblega.

¡Es porque la ternura la humaniza
y viendo al ángel que en su cáliz reza
la rosa enamorada se arrodilla!

Ilusión

De ti depende todo…

De ti, Ilusión, depende que todo viva o muera.
Si tú me dices ¡sígueme! yo seguiré tus pasos.
Y mientras me sonrías me tenderé a tu vera
para esperar auroras y despedir ocasos.

Cuando a tu huerto llegue triunfal la primavera
haré que se alcen bosques en mis eriales rasos.
Y si en tu pecho canta la Creación entera
los trinos en mis bosques ya no serán escasos.

Seré fiel a tu oráculo, ya feliz… ya sombrío.
Zeus[15] seré al buscarte y raptarte y tenerte…
y Dédalo[16] en la angustia del laberinto mío…

Seré la barca inerme; tú serás la marea:
encallaré en las rocas cuando no pueda verte
¡o danzaré en la espuma los días que te vea!

Fernando

Definición de Amor

Quieres saber qué forma de amor siento por ti…
-así me lo pediste el otro día;
y esto no es fácil de lograr:
pues el amor, como la música,
es muy difícil de explicar.
Yo prefiero sentirlo, aun cuando no lo entienda
y que vaya invadiendo
su inefable sentir
mi espíritu y mi cuerpo con vehemencia.

¿No esto lo importante, a fin de cuentas?
Mas no puedo negarme a tu insistencia.
Curiosidad y dulzura de niño
que entender estas cosas del corazón desea.
Entonces, a lo menos, hoy voy a hablarte de mi amor:
espera…

En mi amor hay, confieso, comodidad.
Si; fíjate que en parte alguna me siento tan a gusto
como gozando de tu compañía.

Amar es recordarte a menudo.
Y no alargar nuestras separaciones.
Y es querer oír tu voz vibrando cada día.
Y que cuando te hable, también oigas la mía.

Es querer compartir nuestros silencios.
Querer leerte y que tú me leas.
Querer escribirte y que me escribas tú.
Es querer verte siempre y que siempre me veas.
Es querer ver sonrisas en tus ojos,
en tanto que en mis ojos veas sonrisas tú.
Es querer ver que ríes a menudo
y saberte contento y, sobretodo,
ilusionado por la vida y ardiendo de pasión.
Y que tú sepas que yo vivo ilusionada también.
Y es dar gracias a Dios porque te he conocido.
Y pedirle que siempre proteja nuestro amor.

Ilusión

Gracias por tu poema "Definición de Amor"

Gracias, amor, porque sin que lo sepas
me ayudas a vivir soñando.
Y porque habrá momentos en tu vida
en que, jugando a que me amas,
sin darte cuenta me estarás amando...

Gracias, amor, porque con tu poema
me ayudas a seguir viviendo...
Y aunque estés lejos de mi vida
cierro los ojos y... ¡parece
que te estuviera viendo!

Gracias, amor, porque tus versos
¡son el mejor regalo de alegría!
Y muchas gracias por tu valentía
de atreverte a llamarme ¡vida mía!
Yo te prometo, en cambio,
que habré de respetar devotamente
tu inteligente compasión...
Yo sé que esto es un sueño etéreo y puro...
¡Por algo tú te llamas Ilusión!

Los corazones viven a veces de palabras
y milagrosos sus latidos son...
Y hoy son esas palabras
los marcapasos fieles
¡gracias a los que late y vive
mi enamorado corazón!

Fernando

129

Tristeza

Que juego a que te amo, dices;
que lo que por ti siento es compasión...
¡Qué pena que en mi amor aún no confíes...
ni acabes de entender mi devoción,
aunque mi corazón amante vibre
con el sonido de tu voz
y aunque tú solo seas quien me libre
del fantasma de mi dolor!

Ilusión

¡Ilusión! ¡Ilusión!

¡Ilusión! ¡Ilusión! Yo sé cuánto has sufrido...
Sé de las viejas lágrimas que aún sigues derramando...
Tú corazón buscaba paz, redención, olvido
aquel domingo lírico en que llegó Fernando.

El no buscaba herirte... Pero te fue confiando
versos sobrevivientes de su ayer dolorido...
Y oyendo aquellos versos fuiste resucitando
las extrañas delicias del amor revivido.

Fernando no soñaba reconquistarte... Pero
el incendio apagado de su antigua floresta
por ti resurgió ardiente, voraz, rugiente, fiero...

Su alma sabe por qué... Pero sufre callada...
No es hora todavía de que oigas su respuesta.
¡Por favor, Ilusión, no le preguntes nada!

Fernando

Algún día lo sabrás

¡Qué grande, vida, eres, que nos das a amar tanto:
padres, hijos, amigos, compañeros y hermanos,
mares, desiertos, selvas y montañas y llanos;
y colores y música y poesía y canto!
¡Y qué dicha tan grande que sin pena ni llanto
tú seas quien me traiga la dicha que reclamo!
¡Mas qué pena tan grande que aquel a quien más amo
traiga las mismas dudas para mi desencanto!

Ilusión

Sólo el hoy I

No hieras nuestro idilio con torturas pasadas.
Quiero que me liberes del ayer…¡Te lo ruego!
Quiero que me recuerdes como algo inolvidable
¡aunque me olvides luego!

¡Recuérdame pensando: *"Lo conocí una noche*
en un París de luces, clamores y alegrías.
Le sonreí gozoza por su felíz requiebro…
¡Y ni remotamente soñé adorarlo un día!

"Después… si me alejaba lo extrañaba un poquito
y así, poquito a poco, sentí que lo quería.
Juntos leímos versos, mientras sin darme cuenta,
mi mano temblorosa a su mano se unía.
En los enamorados el Amor es el brujo…
La bruja nuestra fue la poesía!"

¿Ves qué bellos recuerdos conviven con nosotros?
Tal vez otros amores te hirieron… Mas ¡no el mío!
A pesar de mis celos, fui gentil y amoroso…
¡Y para mí guardaba lo áspero y lo sombrío!

Gocemos, pues, la magia que ahora Dios nos regala
sin que venga a enturbiarla ninguna vieja herida…
Porque idilios tan únicos como este idilio nuestro
¡ocurren pocas veces en la vida!

Fernando

Sólo el Hoy II

Así te evocaré: "Lo conocí una noche
de magia parisina, entre luces y risas.
Vivimos nuestras vidas, escenario de luchas,
de lágrimas y risas...
Después, caer y levantarnos,
y echar de nuevo a andar...
mirando hacia adelante,
¡desafiando el mañana
que ha de llegar inevitablemente!

Y como recompensa por una larga espera
en que, sin explicárnoslo,
-tú estás maravillado y agradecida yo-
ha nacido un ensueño con los ojos vendados
al que llamamos ¡hoy!

Ilusión

Me asomo al fondo de tus ojos

I
Me asomo al fondo de tus ojos
a dialogar con todo lo que ellos hayan visto
a lo largo y lo ancho de tu vida.
Y te contemplo, torre de arena diminuta,
rodeada de hermanitos y hermanitas,
con la sabia rayita que trazaron los Ángeles
entre tus cejas de alas de mariposa invicta,
para el ceño futuro con que tendrías un día
que enfrentarte
a los azares de la vida.
Y tu espesa cascada de cabellos
con el cintillo blanco para los soplos
inesperados de la brisa.
A veces prematuramente triste...
A veces en mitad de un cataclismo
de gritos y de risas.

II
Los años pasan... ¿Qué traerán los años?
La vida cambia... ¿Qué traerá la vida?
A veces, asomándome a tus ojos
hallo períodos enteros
de desasosiegos y pesadillas.
Pero de pronto asoman
inesperadas alegrías.
Aparecen paisajes nuevos
y vocingleros amigos y amigas.
La niña ya graduada con toga y con birrete,
ha descifrado muchos enigmas en los libros:
y ha llegado a forjar formas esquivas
-poses de mármoles y metales-
que modelan sus manos hechas de beso y brisa.

Y ya la ronda el halo mágico
de la subyacente poesía.
Después, urbes exóticas.
Soberbios monumentos.
Cerezos y pagodas.
Tokio.
El esotérico Machu Picchu.
Y Sofía: sus íconos y conventos.
Y los embrujos orientales
de Turquía.
El corazón entre segundas nupcias.
Viajes, visitas,
brindis y sorpresas
y estruendosa camaradería.
Y sobre el corazón, antes dichoso,
el desencuentro grávido como una losa fría.

III
Los años pasan. Y se van turnando
los desencantos y las dichas.
La vuelta a los cariños hogareños
que de amar tanto no advierten que asfixian.
Y otra vez la paloma del corazón viajero
preparando las alas para abrir los caminos
de cielos nuevos y lejanas brisas.

IV
Me asomo al fondo de tus ojos
y me acorralan la sorpresa
y la ternura con que ellos me miran.
¿En qué mundo sin tiempo nos hemos conocido?
Y, ahora ¿qué demorada primavera
busca fundir los pólenes distantes
de nuestras vidas?

V
Te pongo en los caminos del cielo cada noche.
Tu Ángel Guardián vigila.
Oraciones y entrada en Alfa al sueño.
Las válvulas te apago de cada pesadilla.
Y en cada amanecer, a mi llamado,
San Rafael te da su mano amiga
para llevarte por el buen camino
como al joven Tobías,
y curarte de todas las cegueras
como a Tobías padre curó un día.

VI
Me asomo al fondo de tus ojos
y siento mis antiguas tristezas redimidas.
¡Y sobre todo doy gracias al Cielo
por la total entrega enamorada
con que tus ojos – sin que tú lo sepas-
a veces me miran!

Fernando

De espaldas a tu ayer

Antes de conocerte no exististe.
Pero después de haberte conocido,
tu ayer total lo convertí en olvido
y tú mi muerte en vida convertiste.

Todos los años que sin ti he vivido
los viví muerto... y cuando tú viniste
mi muerte se fue haciendo menos triste
¡y en unos meses tú me has renacido!

Pero piensa muy bien lo que me dices,
pues de todos los días que has vivido
sé los más tristes y los más felices...

Y espero –mientras mi cariño crece–
que ningún otro amor te haya ofrecido
esta locura que mi amor te ofrece...

Fernando

Estás enamorado de quererme

Estás enamorado de quererme
y yo de que alguien como tú me quiera
con tu forma de amar y a tu manera
e igual ardor y urgencia de tenerme.

Renacer haces el pasado nuestro
y lo elevas henchido de vigor
y al Lázaro difunto del Amor
¡lo resucitas con un nuevo estro!

¡Qué dicha renacer nuestro pasado,
convencidos de habernos ya adorado
y forjando de nuevo el porvenir!

¡Despertar a dos almas ya dormidas!
¡Revivir lo mejor de nuestras vidas
para saciar ahora nuestra sed de vivir!

Ilusión

Quien logra hacerse amar...

Quien logra hacerse amar de la manera
y con la devoción que tú has logrado
que te ame yo, que más que haberte amado
he puesto en este amor la vida entera...

Quien logra eternizar la primavera
conforme tu pasión la ha eternizado
en mi dolor... ¡sin duda ha conquistado
del corazón la aspiración cimera!

Me has regalado, amor, día tras día,
un aliento tan íntimo y tan fuerte
con el consuelo de tu compañía

que aunque no pueda amarte cara a cara
¡no habría fuerza alguna que -aun sin verte-
consiguiese impedirme que te amara!

Fernando

Mi poeta y su luna

(Entre rayos y sombras)

Recién nacía el Universo. El Sol
iluminaba una de las tardes primeras,
cuando el primer poeta se fijó en su esplendor
y le ofrendó los versos de su primer poema.

Ignoraba el poeta que la luna celosa
quería ser el tema de aquella inspiración.
Apresurada entonces, vestida de oro y plata,
cual reina de los cielos la luna apareció.

Aquel atardecer dos veces más hermoso
con el sol y la luna y todas las estrellas,
maravilló al poeta, que aun más fascinado,
le dedicó al ocaso del sol otro poema.

La luna, aun más celosa, conminando a las nubes
a cubrir el espacio con sus sombras espesas,
pugna por ocultar el sol y quedar ella sola
iluminando el cielo del poeta.

Pero el sol, vencedor de nubes y de sombras
entre sombras y nubes su resplandor desborda
y entre aquel abanico de enardecidos rayos,
la luz y las tinieblas como titanes chocan.

¡Qué atardecer tan fúlgido! ¡Qué anochecer tan bello!
bajo el radiante hechizo de aquellas dos lumbreras.
¡Cómo quiere el poeta alargar esta tarde
y seguir inspirado escribiendo poemas!

Cumpliendo su destino siempre avante al oeste
el sol busca otras noches oscuras de la tierra,
mientras la luna, augusta señora de la noche,
toma para ella sola la lira del poeta.

Ilusión

Me conmueve el silencio

Me conmueve el silencio del ave, antes canora,
que se posa en la rama y la plaza contempla:
con las flores, y el cielo, y la lejana estrella,
y en silencio parece que desgrana su copla.

Me conmueve el silencio del alma señorial
que responde con pausa a la súbita ofensa
y controla el impulso de imponer sus creencias
y mide sus palabras antes de replicar.

Me conmueve el silencio de tus ojos sinceros
que con solo mirarme me lo revelan todo:
tus angustias y dudas, de tu amor el arrobo
y ese universo bello que te puebla por dentro.

Me conmueve el silencio de tu ternura plena
que le habla a mis sentidos con infinito halago,
que en momentos de calma comparte mis agrados
y que en las tempestades mi inquieto sueño vela.

Pero más me conmueve la fuerza de tu voz,
voz imperecedera de resonancias llena,
barca de luz que surca los ríos de mis venas
¡y abraza con su vela triunfal mi corazón!

Ilusión

Tu sendero al andar

¡Has andado senderos, amor! ¡Yo lo sabía!
Pero de todos esos dolorosos senderos,
no citas el sendero que por años enteros
habrán de andar tus pasos: ¡el de la poesía!

Por él te verá el sol andar día tras día,
y en las noches la luna y todos los luceros:
¡Indemne ante el asalto de furtivos lanceros!
¡Y aun libre entre las redes de la melancolía!

"¡Has andado senderos!" Te ha herido la mentira.
Te salvaste del hosco dragón que te acechaba.
Y ahora ¡a cantar, cantora! ¡Anda y toma tu lira!

Que yo, desde las sombras, entre auroras y ocasos,
como hice aquí en la tierra cuando por ti rezaba
¡rezando por ti siempre bendeciré tus pasos!

Fernando

POETRY

137

Alba Tú

Amor, tú no has llegado tardíamente,
sino en la hora existencial precisa
en que la juventud de tu sonrisa
logra abrir lirios en mi vieja frente.

Alba tú con mi ocaso coincidente.
Sorbo final sin lentitud ni prisa.
Vela segura de que al fin la brisa
volará más veloz que la corriente.

Aún hay en mi poniente un sol que arde
y un rosal que habla de la primavera...
¡Tú no has llegado demasiado tarde!

Y un soplo de este sueño compartido
¡puede izar para siempre, cielo afuera,
un lucero salvado del Olvido!

Fernando

Filadelfia...
pasado mañana

Hoy te he visto partir. Y contigo se han ido
tu jersey blanco, tu sonrisa de oro,
y tus cabellos todavía húmedos...
Tu falda larga de un añil marino,
tu bolso de correas carmelitas
y cuadrículas grises,
lleno de todas tus pequeñas cosas
e impregnado de todos tus aromas...
Hoy me has dejado sólo con tu adiós y tus lágrimas...
¡Y el domingo llorando se me ha ido haciendo trizas
contra la indiferencia azul de la mañana!

Y me siento lo mismo que el niño abandonado,
o el embrión caído de un aborto,
o el fruto desprendido
cuando miran atrás y se ven solos,
sin hogar y sin útero y sin árbol.
Ya llevo cicatrices de dolores muy hondos
como cuando la muerte un día me arrebató el amor...
y al día siguiente abrí los ojos solo.

Miro al mar y tú sigues riéndome en las olas.
Miro al cielo y encuentro fundida tu silueta
en el perfil de cada nube
arriba, muy arriba anclada,
donde no logra subir nunca el viento
que mece los veleros en la playa.

Yo sé que volverás y volverán contigo
mimos y besos, risas y palabras...
Pero yo me pregunto ¿qué será de esta sed
mía de ti, que nunca acaba,
cuando otro adiós definitivo

como un cuervo maléfico abra un día sus alas
y huyas tú de mi vida volando para siempre
o yo, arrancado muerto de tus brazos,
para siempre me vaya?

¡Pero hoy no! ¡Que hoy tan sólo es Filadelfia...
de donde estoy seguro que volverás
pasado mañana!

Fernando

139

CAPÍTULO VIII

NO SER AMADO

ES UNA SIMPLE DESVENTURA.

LA VERDADERA DESGRACIA

ES NO SABER AMAR.

ALBERT CAMUS,
ESCRITOR FRANCÉS (1913-1960)

Despedida

Ilusión abrió su buzón de correos como de costumbre. El poema con el que se cierra el capítulo anterior (Filadelfia... Pasado Mañana) venía acompañado de una tarjeta postal con una vista hermosa del Pan de Azúcar. Ella sonrió al ver la postal, pero a medida que leía el poema sus ojos se iban nublando por las lágrimas.

El mensaje contenido en el poema era incomprensible para Ilusión. Ya no por la queja de Fernando por dejarlo sólo. Ya no por su renovada alusión a la futura y definitiva partida de Ilusión lejos de su vida. Ambos lamentos habían ensombrecido su relación con Fernando en el pasado. De forma que aunque sí le sorprendieron, particularmente porque había sido la decisión de Fernando de que no volverían a casarse, eso no era todo ni era lo más grave. Esta vez era distinto. Desconsoladamente distinto y preocupante. Pues Ilusión nunca había viajado a Filadelfia...

Desde su llegada a Río, Ilusión y Fernando se veían casi todos los días. Ella lo visitaba en la casa donde Fernando vivía con sus hijos, situada en *Barra*, un hermoso vecindario al sureste de la ciudad, o él iba al apartamento que ella tenía rentado en Ipanema, pequeño pero con una espléndida terraza con vista a la imponente bahía. Otras veces se encontraban en el atelier de Ilusión o en algún otro sitio de la ciudad, un parque, un café, un restaurante.

Releyó el poema una y mil veces sin entender. Y ese día, al encontrarse con Fernando, él parecía no reconocerlo tampoco... Le pidió que no le diera importancia, que tal vez fuera un poema del pasado que él había encontrado y querido hacérselo llegar. Fernando le reiteró que él había cambiado... y a forma de demostración, le dedicó el siguiente poema, el cual también le envió por correo con una bella postal de un caracol marino, con la nota *¿Cómo es posible escuchar el mar en un caracol?*

Revelaciones de un caracol

No sólo el mar inmenso, sino también la luna
y el sol y las estrellas... y el universo entero
oigo en los caracoles... siempre que pienso en una
mujer como Ilusión... ¡a la que tanto quiero!

Sentado en un callado recodo del sendero
y sin que me atormente desesperanza alguna,
siempre pensando en ella, pacientemente espero
que sus labios decreten mi muerte o mi fortuna...

He puesto en su homenaje a arder todos los soles,
a agitar sus espumas blancas todos los mares
y a abrir bien sus gargantas todos los caracoles.

Y, así, feliz navego por mi azarosa vía,
sin la ayuda de brújulas ni mapas estelares
¡que Ilusión es la estrella polar que a mí me guía!

Fernando

Complacida y aliviada por este poema, Ilusión le dedicó a Fernando el siguiente:

Ya sin desesperanza alguna...

Te abrasó tanto la pasión
que hasta cegaba tu sentir:
tanto que nuestro porvenir
miraba ya con desazón...

Pero ¡qué paz siento al oír
tu sosegada confesión!
Al cabo tu imaginación
frenó su avieso discurrir...

Por fin ya puedes navegar
y tu Ilusión enamorar
¡y bendecir nuestra fortuna!

¡Qué maravilla coincidir
en el milagro de vivir
ya sin desesperanza alguna!

Ilusión

En efecto, los próximos poemas resumen la felicidad que Ilusión y Fernando compartieron en Río de Janeiro durante un período de renovada armonía.

Hoy para mí Río es más bello

Hoy para mí Río es más bello
de lo bello que todos dicen que es.
Y es porque lo embellecen tus ojos y tu risa
y tu alegría de mujer.

Hoy siento aquí en mi espíritu más cálida
la bendición del Cristo del Corcovado.
Y sienten mis entrañas más íntimo que nunca
su colosal abrazo.

Hoy mi marchito olfato parece que sintiese
bajar más dulce el aire de las alturas:
como si entre sus alas me trajera migajas
del Pan de Azúcar...

Y es porque tú, Ilusión, sonriendo a mi lado,
en belleza y pasión todo lo cambias:
mis sentidos, mis sueños y hasta el rumbo
de mi esperanza.

Ya que has vuelto de nuevo a alumbrar mis tristezas
cuando no te esperaba,
haz que no se me apague nunca más tu sonrisa...
¡Por favor, nunca te me pongas seria
ni te me vayas!

Fernando

Voy hacia el calor de tus brazos

*Voy hacia el calor de tus brazos
desdeñando tu último adiós...
Si mil veces nos despedimos,
mil veces se ocultará el sol
y mil veces saldrá de nuevo
al volverte a ver ¡mi amor!*

*Y como un Rodrigo de Triana
anunciaré de viva voz
que el Nuevo Mundo de tu gloria
me abre su cielo con fruición
y que hoy como ayer proclama
¡conquistado al Conquistador!*

*Voy hacia el calor de tus brazos,
refugio de mi corazón,
Tierra Santa del peregrino,
del guerrero invicto bastión,
cielo del bienaventurado
¡señal redentora de Dios!*

Ilusión

 Tal como Rodrigo y Gonzalo le habían prometido a Ilusión, no existía narración, película o fotografía que hubiera podido desatar su asombro como le ocurrió al presenciar en vivo el célebre carnaval de Río de Janeiro. La fastuosidad, colorido y vivacidad de los disfraces, la samba explosiva y la alegría contagiosa de los cariocas hechizaron a Ilusión y emocionaron como siempre a Fernando y a los hijos de éste, que iban acompañados de varios jóvenes amigos.

Parte del día domingo lo habían pasado caminando por las calles de la ciudad, confundiéndose entre las multitudes de residentes y turistas que atiborran a Río durante las festividades del Carnaval, en medio de la alegría y el bullicio de la popular celebración. Cada vecindario carioca tiene su banda favorita o *bloco*, que marcha acompañada de una multitud de entusiastas de la samba que la siguen bailando, disfrazados o no, pues hasta el traje de baño es considerado aceptable. La banda *Simpatia é Quase Amor*, se había concentrado en la Praça General Osório, y Fernando e Ilusión reían observando a la multitud.

Los eventos oficiales tienen lugar durante los cuatros días –de jueves a domingo- que anteceden al Miércoles de Ceniza, día en que se anuncia la *escuela de samba* ganadora por su coreografía y paso. En ese momento, también se anuncia el tema alrededor del cual las *escuelas de samba* desarrollarán su presentación del siguiente año. ¡Los cariocas le dedican un año entero a los preparativos de su famoso carnaval!

Aquel carnaval, su primer carnaval en Río, maravilló a Ilusión; no sólo había disfrutado sobradamente del espectáculo, sino que, además, Fernando y ella habían reído y bailado en las calles de Río entre las multitudes, olvidados de toda preocupación, como jóvenes que acabaran de conocerse.

Desafortunadamente, la felicidad de Ilusión se vio de nuevo amenazada. El siguiente poema revela cómo las contradicciones en la mente de Fernando volvían a repetirse:

Regreso del ensueño al sueño

I

Hoy llegarás de un viaje largo:
maleta de rueditas, bolsas de mano, maletines, co-
sas...
Y atrás irán quedando colores y rumores
y viejos aromas:
la casa familiar,
con los mismos trajines de entonces,
igual que un caracol frente a la brisa:
recostada en los ecos de indefinidas voces,
mirando el verde nuevo y el viejo azul celeste
de sus perennes alrededores.

II

¡Ojalá que esta noche te pueda ver,
tocar, besar, sentir que no eres sueño
sino intacta, retornada verdad!
¡Ojalá que esta noche
te pueda ver llegar
a mi desordenado camarote,
o pueda yo subir a la enervante altura
de tu piso pegado a las estrellas:
con sus cojines rojos, sus mantas de Turquía,
y el balcón silencioso,
-recodo de poemas y caricias-
mirando abajo al puente de farolas
cuyas luces fulguran como anzuelos colgados
sobre la paz de la bahía!
¡Ojalá que esta noche pueda pasar mi mano
por tu pelo, tu frente, tus mejillas
-marañoncitos tibios olorosos al Sur-
y de nuevo sentir cómo va recorriéndome
el abanico íntimo... sensual... de tu mirada!

III

En suma... ¡ojala pueda tenerte cerca
siquiera sea una vez más:
que una vez más... -sólo una vez ahora-
podría entronizar en mi recuerdo
ese hoy igual que ayer y que mañana
al que los corazones que aman
llaman Eternidad!

Fernando

 Esta vez Ilusión confrontó a Fernando rechazando sus evidentes evasivas. Y esa noche él finalmente se decidió a hablar. Sabía que sería una nueva pena para Ilusión, que él había deseado evitarle, pero también estaba consciente de que tarde o temprano ella se daría cuenta por sí misma de la enfermedad que iba invadiendo su cuerpo y su mente y desorganizando sus pensamientos...

Fernando le explicó a Ilusión que unos meses antes de su viaje a Miami, donde ellos dos milagrosamente se habían reencontrado, a él le había sido diagnosticado un aneurisma en la aorta. Conforme a la opinión del médico, llevaba una suerte de "bomba de tiempo" en el pecho, y cualquier cambio brusco de presión arterial podía provocar una ruptura de graves consecuencias. Peor aún -relacionada o no con ello- padecía de otra anormalidad para la cual los médicos no lograban darle una respuesta definitiva. Hacía ya meses que él venía experimentando problemas en el sistema nervioso, particularmente fallas de memoria que cada vez se hacían más frecuentes y más serias. A veces, su mente transformaba los recuerdos, mezclándolos con fantasías paranoides. Todo esto era muy inquietante para él. Los tratamientos, elusivos. El diagnóstico, confuso. Y el pronóstico, incierto.

Ilusión trató de consolarlo al tiempo que intentaba guardar la calma y mantener su optimismo en alto.

-*"Fernando, la vida es una gran incertidumbre para todos. No te preocupes más de lo necesario. Tal vez el exceso de trabajo..."*

El la interrumpió, "Sí; el médico me ha ordenado bajar la carga de trabajo y de momento he disminuido la frecuencia de mis viajes. Como quizás hayas advertido, estoy tratando de pasar el mayor tiempo posible en Río, con Rodrigo y Gonzalo."

-*"Son dos chicos estupendos."* Acotó Ilusión.

-"Sí; soy muy afortunado. Siempre me han preocupado mucho. Especialmente porque perdieron a su madre tan pequeñitos..."

- *"Nunca me dijiste cómo."* Le recordó ella.

- "Al nacer Rodrigo y Gonzalo, en el parto. Euniciña, la misma nana que había criado a Eleonor, la madre de los gemelos, quedó al cuidado continuo de ellos. Fue una gran ayuda para mí y un gran consuelo para los niños. Mis suegros siempre han sido un gran apoyo para ellos también. Sé que aun cuando los niños no me tuvieran a mí, siempre podrían contar con sus abuelos."

- *"Y te tendrán a ti por mucho tiempo. Nadie se muere de mala memoria..."* Señaló Ilusión sonriendo y pasando su brazo alrededor de la cintura de Fernando, atrayéndolo hacia sí con un tierno abrazo. Fernando la abrazó y la besó. Y la miró largamente a los ojos.

"¿Entiendes ahora por qué no debemos casarnos de nuevo? No sé por cuánto tiempo me mantendré suficientemente lúcido para saber quién eres en mi vida…"

"*Te enamoraré cada día para recordártelo*," le respondió ella con ternura, tratando de distraer a Fernando de su preocupación. E intentó persuadirlo con todas sus fuerzas.

-"*Permíteme que me dedique a cuidarte. Te hará bien tener cerca a alguien que te conoce tan bien como yo. Alguien que incluso puede ayudarte a mantener tus recuerdos vivos en la memoria.*"

- "No." Su respuesta fue cortante. "No puedo permitir que sufras mi deterioro y te quede por recuerdo de mí, alguien que olvidó quien tú eras. Tú, Ilusión, que has sido mi oxígeno, la sangre de mis venas, el alimento que sustentó mi existencia cada día de mi vida desde aquella tarde mágica de abril de 1950… ¡Se me desgarra el corazón cada vez que pienso en la posibilidad de que un día despierte y no recuerde cuánto te he querido!"

- "*Eso no sucederá. Yo te lo puedo asegurar. Nunca llegará el día en que tú me mires a los ojos, y a través de ellos, al fondo de mi corazón, y no encuentres allí a la Ilusión que nació para quererte.*"

Pero Ilusión no pudo persuadir a Fernando de que se volvieran a casar o a vivir juntos, de forma que de ser necesario, ella pudiera atenderlo y cuidarlo, como tanto quería. Así, después de este día el tema no se volvió a tocar más. Seguirían viéndose mientras ella continuara viviendo en Río, y en la medida en que la salud de Fernando así lo permitiese.

Así se inició una etapa intensa y sentimental, de mayor prufundidad y madurez, en la vida de Ilusión y Fernando, en que cada minuto se disfrutaría como si fuera el último.

Esta vez, el escenario de su idilio no fue el hermoso y romántico París, sino Río de Janeiro, exuberante y fogoso y diverso. Como antaño hiciera por las riberas del Sena, Fernando llevó de la mano a Ilusión por toda la ciudad carioca, desde la Bahía de Guanabara hasta las Sierras. Por los macizos urbanos de Pan de Azúcar, Botafogo y Dos Hermanos, Santa Teresa, el famoso Corcovado, y Gavea. Las islas. Las playas. ¡Copacabana!

Y una infinidad de lugares que interesaron a la siempre ávida Ilusión: la Iglesia de Sao Benito y su claustro, famosos por sus tallas de madera, su rica orfebrería y sus decoraciones murales. La esplendidez barroca de la Iglesia de la Candelaria. La antigua Iglesia del Carmen, que además de hermosas tallas, atesora importantes esculturas y enrejados. La Iglesia de la Gloria, que mira al mar. La capilla de los Terceros de la Penitencia con las obras artísticas de Ricardo do Pilar. El antiguo Palacio de los Virreyes y los palacios de Catete y Guanabar. La Biblioteca Nacional y el Palacio de Itamaratí...

En suma, tanto Fernando como sus hijos, oriundos de la bella ciudad, como buenos baqueanos que eran, no se cansaron de llevar a Ilusión de aquí para allá, dándole a conocer lo antiguo y lo moderno, lo bello y lo original, lo alegre y lo frívolo, de esta floreciente metrópoli sudamericana.

Y así fue pasando el tiempo. Ilusión y Fernando parecían ir recuperando los años tristes que habían estado separados, con muy esporádicas y breves ausencias por algún eventual viaje del uno o del otro, pues en la medida de lo posible, viajaban juntos.

El interés de Ilusión por el Carnaval, particularmente la alegría contagiosa que se apoderaba de todos, durante esos días, hizo de Ilusión una entusiasta de aquellas festividades. Ya en enero empezaba a llevarse a Fernando por la ciudad a escuchar las bandas de samba que practicaban al aire libre.

Años después, al inaugurarse el *sambodromo*, se trasladaban allí para presenciar con mejor perspectiva, el famoso desfile de las *escuelas de samba*, con sus fenomenales disfraces, extravagantes coreografías, llamativas carrozas, espectaculares mujeres e inagotables competencias de baile. A la cabeza de cada grupo, van los *abre-alas*, saludando e introduciendo a la escuela y su *samba enredo*. Luego, cada *ala*, grupos vestidos con el mismo disfraz. Y entre *ala* y *ala*, una carroza alegórica, con decoraciones fastuosas y efectos mecánicos especiales, y sus ataviados personajes, los *destaques*, trajeados con disfraces monumentales a menudo de un peso inimaginable. Las multitudes vitorean alborozadas al paso de la bandera en manos de la *porta-bandeira* quien va escoltada por el *mestre-sala*, un experto bailador de samba. La banda de percusión lleva su reina, *rainha de bateria*, y tras ellos, el vocalista o *puxador*. La última ala lleva su *velha guarda*, un grupo de músicos vestidos de blanco. Todos los miembros de la escuela en desfile participan cantando y bailando, y su armonía es tomada muy en cuenta -tanto como la escenografía misma- en la selección de la escuela ganadora. En tres diferentes años, Ilusión y Fernando vieron ganar a la célebre escuela *Estaçao Primeira de Mangueira*, de colores verde y rosado.

En homenaje al entusiasmo exultante del Carnaval brasilero, Ilusión escribió el siguiente soneto:

Carnaval de alegría

¡Carnaval en Río! ¡Todos a bailar!
¡Arriba Ipanema y todos los cariocas!
Mira cómo exaltan tus lindas garotas
los coros, la música ¡y la libertad!

Cesan las saudades, penas y lamentos:
Coctel de mulatos, indios, negros, blancos,
cuerpos, corazones y almas enlazados
¡Todas las banderas danzando en el viento!

¡Quiéreme y olvida del amor las penas!
Todo es alegría, y estrépito y ecos.
Y gritan y ríen jóvenes y viejos.

Mar de carne y plumas. Maracas de estrellas.
Río es hoy asilo de nuestra alianza
¡lo anuncia Cupido a ritmo de samba!

Ilusión

Los poemas que a continuación se presentan registran los altibajos emocionales que fueron parte de la vida de Ilusión y Fernando. Sin dejar de mostrar cómo la enfermedad de Fernando se iba agravando, estos versos tampoco ocultan la intensidad del amor que ambos amantes continuaban sintiendo.

En el primero de estos poemas, Ilusión relata cómo una noche tuvo el presentimiento de que algo malévolo estaba acechándolos.

Plegaria II

Hace ya varios días me visitó en silencio
sin señal ni advertencia
el temido, pero ya familiar, forastero...
emisario siniestro de mis mayores penas.

No se anuncia, se siente
la aciaga opresión en el pecho
de un nudo de pesares.

El paso escalofriante
de una corriente de aire,
inesperada como un suspiro
que entre dos voces se intercala
y, resuelta y oscura,
le atraviesa a uno el alma.

Y el súbito silencio absoluto....

Reconozco ya el soplo del ángel de alas negras
que en pasadas visiones me ha visitado.
Hoy viene a prevenirme
de la inevitable agonía
a la que todo humano ha sido sentenciado.

Ángel infausto,
benévolo a tu manera,
te me acercas tan pronto la puerta abierta ves:
sabes que de tristeza moriría
y, así, vas cercenando mi esperanza
antes de que un ensueño le dé alas otra vez.

¿Acaso quieres llevarte mi amor?
¿Acaso olvidas cuánto, cuánto le pedí a Dios,
por tenerlo de nuevo a mi lado?

Pero noto ¡qué cruel ironía!
que Dios con una mano me otorga su presencia
para que alboroce mi vida,
pero con la otra mano me advierte
que no por mucho tiempo su vida será mía.

Y yo, que hasta ayer existía
aceptando vivir sin hallarlo,
tengo que resignarme a vivir para siempre sin él,
tras haberlo encontrado.

¡Qué alegría tan grande la de hallarlo y tenerlo!
¡Y qué dolor tan hondo éste de no saber
cuánto tiempo podré retenerlo a mi lado!

Ilusión

Sobreponiéndose a su pesadilla -¿o un presagio de lo alto?- Ilusión cumplió su promesa de disfrutar del hoy, decidida a mantener viva su fe en la vida y el amor. Y así fue pasando el tiempo...

El gorrión

Caminaba por mi ensueño
de la mano de la brisa
cuando desde una cornisa
me saludaba un gorrión.

Notando que yo lloraba
curioso hasta mí voló
y en mi hombro se posó
piando con desespero.

Asustada lo ahuyenté,
pero regresó insistiendo,
aleteando con estruendo
con sus alas blanquecinas.

¿Qué te sucede, gorrión?
-le pregunté sorprendida-
que me acosas sin medida
ignorando mi lamento?

El gorrión giró turbando
el espacio en torno a mí,
con extraño frenesí,
obligándome a voltear.
Tras de mí, y a un sólo paso,
tú me seguías, amigo,
en una mano el abrigo
y en la otra mano una rosa.

Listo para confortarme
al llegar la noche fría
y con tal galantería
cobijarme entre tus brazos,
que ni el frío ni la noche
volvieron a acongojarme
con tu amistad por gendarme
y tu voz por serenata.

Ilusión

153

Una islita llamada Confianza

Yo ya no sufro como ayer
que tanto le temí a tu olvido:
pues encontré en tu corazón
esta islita donde ahora vivo.

Desde esta islita veo el mar
y las velas de los navíos
y el viento pasa y no me hiere
en las noches en que hace frío.

Desde esa islita, sin tú verme,
yo te veo y estoy contigo
y tú puedes oír muy claros
hasta los pensamientos míos.

Ya no importa adónde tú vayas
con tus amigas o tus amigos:
Ya no tienes por qué avisarme
ni por qué pedirme permiso.

Asisto a tus exposiciones,
cruceros y paseos frívolos...
Y nos morimos de la risa
cuando a la postre nos reunimos.

Ya no le temo a tus disgustos:
no hay resquemores ni litigios...
Hoy ya sé que antes y después
tu corazón siempre fue mío.

¡Qué paz tan dulce hoy me circunda!
¡Qué injusto fui, qué cruel, qué altivo!
¡Cómo no vi en tu corazón
-siempre jovial, feliz, sencillo-
el fiel abrazo de esta islita
donde ahora enamorado vivo!

Fernando

¡Despierta!

Te reclama tu jardín
y se acerca el jardinero:
bájate con pie ligero
y ponle a tu sueño fin.

De un confín a otro confín
está tu hierba en sazón
y si hay matas de limón
o una mata de aguacate
¡sería un gran disparate
no ponerles atención!

Por favor, pronto despierta,
que la moza de limpieza
se acerca con ligereza
y debes abrir la puerta.
Debes estar más alerta
y es importante que sepas
dar al aire muchos ¡epas!
pues esta buena señora
también viene a hacerte ahora
¡tus codiciadas arepas!

Fernando

Santa Genoveva

(Escrito al dorso de ua estampa de Santa Genoveva)

He aquí el París donde fuiste
en tus días juveniles
-quizás en tus 20 abriles-
que hoy tal vez evocas triste.

Por aquél París que viste
y aún fiel tu pupila lleva,
hoy sus plegarias eleva
y al Cielo preces entona
su providencial Patrona:
la pequeña Genoveva.

Fernando

155

Desde Bahía

Ilusión, amada mía:
desde San Salvador de Bahía
va trazando estas líneas en este día
mi solitario corazón.
Hace poco empezó la primavera.
Yo leo... y pienso en ti.
¿Acaso has escogido tú siquiera
unos instantes de tus días para pensar en mí?

Aquí, en las orillas de esta península
donde parece que termina el mundo,
tengo tendido frente a mí
un mar sinpar de azul y de profundo...
Sus olas van con prisa,
sin que las pare nadie...
Tan sólo las irisa
alguna que otra errante gaviota marinera.
Pero las olas corren veloces rumbo Norte
y todas van en su feliz carrera
dejando que el Atlántico soberbio las transporte.

¡Olas que viajan sin maletas y sin papeles, solas!
No necesitan visa pues ya les extendió la brisa
visado por el sol su pasaporte.

Llegarán a Macau en menos de una hora.
Tomarán rumbo Oeste.
Y bajo el dulce resplandor celeste
de la próxima aurora
irán pasando por cada Guayana.
Y tras besar las playas con su espumosa estela
arribarán mañana, casi al salir el sol, a Venezuela.

Por favor, sal a verlas, amor... y díles -"¡Hola!"
Mira que cada ola
-ten en cuenta que he dicho ¡cada una!-
te lleva un beso mío mojado por la luna...

Bahía es bella, tradicional y divertida.
Cuando regreses volveremos aquí.
Disfrutarás, entre otras cosas, de su deliciosa cocina.
Por ejemplo: de una gustosa sopa de cangrejos
y de los ricos rollos de arroz de coco con anguilas,
aderezados con salsa de aguacate y de piña.
Y el estimulante aguardiente *cachaça*
aligerado con néctar de frutas...
Sé que ya me estás diciendo que no,
mientras te palpas la cintura,
porque defiendes a capa y espada
la esbeltez de tu linda figura.
Pero un día no es más que un día
en que el paladar se reivindica...
Además, aquí las calorías no cuentan
porque hay mucho que caminar en Bahía.

Yo paso muchas horas felices leyendo
(y aun más felices por lo que pienso en ti)
en una de las más antiguas y vastas bibliotecas de Brasil:
la de *Mosteiro de São Bento*.

Ahora estoy abismado en José Pereira de Graca Aranha,
-la lira del pueblo y de la selva-
el glorioso narrador modernista,
fundador de nuestra Academia de Letras:
sobre todo en su obra *"Chanaan"*,
y también en su *"A Viajem Maravilhosa."*

También estoy leyendo a Joao Guimaräes Rosa:
el médico viajero de *"Sagarana"*
y de las *"Noches del Sertón"*
y *"Corpo de Baile"* y *"Urubuquaquá"*
Y antes de regresar a Río espero haber leído
una vez más a Jorge Amado
para embadurnarme del betún de alegría
y de resignada nostalgia
de los negros de aquí de Bahía.

Y he comprado ya ejemplares, para leerlos junto a ti,
de su *"O País de Carnaval"* y *"Capitanes de Arena"*
y *"Los Subterráneos de la Libertad"*,
"Gabriela, Clavo y Canela" y *"Jubiabá"*

Aquí los ponientes son arrobadores.
Y tú me besas en todos ellos.
Las auroras son... -en verdad, no sé cómo son-
porque -¡quién lo habría de decir!-
me he vuelto un redomado dormilón
en este rincón de Brasil.
Pero aun dormido yo siento en cada aurora
el rayito de sol que me llega de ti...

Por unos días más seguiré aquí en Bahía.
Por lo menos hasta el Día de Reyes,
que es la fiesta de la Epifanía, o de la Revelación.
Tú recibirás ese día el humilde regalo de siempre:
¡mi corazón!

Te mando un apretado beso:
rosa de la azul magia de Bahía.
Ponla sobre tu pecho amante para que la deshoje
tu corazón, antes que acabe el día.

Fernando

Las cigarras de 1987

¡Ilusión! ¡Ilusión!
¡Qué noticia tan buena te tengo que dar!
¡Hurra! ¡Hurra! ¡Hurra!
¡Ya estamos en mayo de 1987!
Y en los últimos días de este mes de las flores
estallará la alegría del entomológico cigarral.

Billones de cigarras
(¿recuerdas de tus días del colegio
a la fabulosa *Cicada plebeja*?)
los cielos cubrirán para celebrar por lo alto
el más insólito acontecimiento nupcial:
...que así aseguran estos homópteros
su prolífica posteridad.

Entre epitalamios de sol y brisa
billones de cigarras se aparearán.
Y hasta el año 2004 -¡qué pena!- no volverán.
Porque el idilio de las cigarras
ocurre cada 17 años, sin fallar...
Y esta invariable periodicidad, -yo pregunto-
¿qué sabia razón tendrá?
Eso lo sabe solamente Dios,
Padre de las Ciencias, las Artes
y la Eternidad,
que fue Quien le reveló a Einstein
la ecuación de la relatividad
y ordenó a las cigarras 17 años
de oculta paz
entre el silencio de las raíces,
para después -¡qué felicidad!-
en los días finales del siguiente mayo
salir a vibrar, chirriar y procrear.

Ese mismo portentoso Dios
que treinta y siete años atrás
mientras paseábamos de la mano
bajo una luna parisina primaveral
nos develó a ti y a mí otro mandato
¡amarnos uno al otro hasta el final!

En el año 2004
los de mi oleada generacional,
ya en el seno de la tierra,
bajo piadosas cruces, morarán...
Y en las cenizas de nuestros oídos
las vibraciones de las cigarras
resonarán ...
Porque las cigarras habrán de volver
los ciclos a inundar
en un erótico frenesí
pasional
poniendo de nuevo
sus cónicos abdómenes
¡a vibrar, a chirriar y a procrear!

Fernando

Los ratos de serenidad y optimismo fueron entorpecidos alguna vez por figuraciones y confusiones en la mente de Fernando, que Ilusión intentaba calmar a toda costa.

Tu Secreto

Tú llevas un secreto de tus días de niña
náufrago en ti... Secreto cuidado por un Ángel
que ha enjugado tu llanto día a día
y te ha fortalecido hora tras hora
y te ha hecho impenetrable como una hoja de acero
e inconmovible como una roca...
Y ese Ángel es tan tuyo y te ha hecho tan suya
que ni un sólo minuto te abandona.

De puerto en puerto todas las mareas
te vienen dando su ración de luna.
Y desde el fondo amargo de su abismo
el agua sube entre tus dedos muda,
pero madréporas y caracoles
acorralan tu pecho de preguntas...
y tú suspiras como un pez cautivo
¡pero no dices tu secreto nunca!
La noche, a veces,
llena de sobresaltos y de brujas,
se apodera de todos tus caminos
y blande sus escobas puntiagudas.
Y tú, asustada a veces,
miras atrás y las estrellas buscas
mientras evocas todos tus amores...
¡pero no dices tu secreto nunca!

Cuando mi corazón se ordene de adivino
lo acercaré a la esfinge de tu pecho y, a solas,
ese secreto acabarás diciéndomelo
con el beso más diáfano que haya dado tu boca.

¡Y al fin sabré quién eres
y me echaré a dormir para siempre contigo
a los pies de tu sombra y de mi sombra!

Fernando

159

Que yo te confiese mi secreto imploras

Que yo te confiese mi secreto imploras:
el misterio esquivo de mi paz tirano
que tras mi sonrisa deambula cercano
y va ensombreciendo todas mis auroras.

Mi vida sencilla secretos no oculta
pero sí las huellas de heridas pasadas,
lágrimas ya secas en risa plasmadas
y una pesadilla febril insepulta.

Caprichosamente tortura mi juicio
la pérfida sombra de aquel maleficio
que sembró en mi alma un viejo dolor.

Mas lo que otros sabios jamás remediaron,
parientes, ni médicos, ni amigos lograron
¡lo ha borrado a besos tu amor redentor!

Ilusión

Qué pena que no estés enamorada

¡Qué pena que no estés enamorada
y pierdas los inéditos fulgores
que a los enamorados dan las flores,
la luz, el mar, el cielo, la alborada!

¡Qué pena que no estés enamorada
y la sublimadora alquimia ignores
de los celos ... puñales vengadores
que acrisolan el alma traspasada!

¡Qué pena que no estés enamorada
para un néctar beber de risa y llanto
temblando al pie de la persona amada!

Y qué pena, mujer -por más que nada-
porque de mí que te he querido tanto
¡qué pena que no estés enamorada!

Fernando

Amor diferente

Mi amor no es como el tuyo, que es tan obsesionado...
tan ciego y sordo ... y ávido de total garantía...
Un amor sin auroras... que vive en agonía
pues la duda mantiene su sueño secuestrado.

Mi amor es de mañanas claras y verdes prados
en donde las sospechas no logran florecer:
pues como malas hierbas las arranco al nacer
¡la confianza es mi lema; paz y fe mis aliados!

¡Sana tu amor y siéntelo por fin resucitado!
Y libera tu espíritu de su injusta condena:
amar con tanta angustia no merece la pena...

aun más cuando tú sabes que estás equivocado.
Sé feliz como yo: que al saberme querida,
oigo sólo tu voz hechizando mi vida.

Ilusión

Saudade

Saudade: Melancolía,
añoranza, soledad...
¡Esa ha sido la verdad
de mi existencia sombría!

Sólo hubo una luz un día
que alumbró mi corazón...
No calmó mi desazón
París... Brasil... Portugal...
Y así continuó mi mal
hasta que encontré a Ilusión.

¡Y cuánto sufrí por ella!
¡Cuánto llanto derramé!
¡Por ella el fuego besé
como quien besa una estrella!
Dejé en su pecho la huella
del más brutal desamor
y huí... Mas sólo dolor
hallé ...y desconfianza y duda...
¡Pero Dios vino en mi ayuda
y me devolvió su amor!

Fernando

Gracias por detenerte en tu largo camino

Gracias por detenerte en tu largo camino,
acaso presintiendo mi llegada a tu vida...
Y he llegado sin rumbo, rezagada y vencida,
sabiendo que en tus brazos estaba mi destino...

Hoy sé que en tu azarosa jornada has recibido
asaltos a granel y más de una estocada...
Y no debiendo a nadie en absoluto nada
ya de este ingrato mundo te habías despedido.

Y hoy, al vernos de nuevo en esta encrucijada,
no pensé hallarte enfermo de hastío y soledad,
ni acaso tú pensaste abrirme en mi orfandad
de par en par tus brazos sin preguntarme nada.

Pero la tarde mágica de París, clara y bella,
nos envolvió de súbito en su hechizo de ayer
y ebrio, con cada beso, nuestro amor al volver
¡donde encontró una espina fue encendiendo una
(estrella!

¡Y hoy qué fácil logramos restañar las heridas!
Las que yo te hice... y las que tú me hiciste a mí...
Por no entender mis quejas ni yo tu frenesí
¡cuánto reñir y cuántas amargas despedidas!

Mucho por ti he llorado... y aun mi llanto hará ríos
de llorar tanto y tanto hasta el fin de mi vida:
ese día en que quede tu voz enmudecida
¡y nunca más recites tus versos ni los míos!

Gracias

La tarde azul y un *paraglider*
de algodón y de mandarina...
Y sobre el mar, cubriendo abismos,
la inmensurable lejanía.
Hoy tú vendrás. Te espera mi alma
como un jazmín hecho cenizas,
porque minuto tras minuto
más te me alejas cada día.

Mañana partirás. Las olas
traerán dispersas tus noticias,
como espumas buscando grietas
en mi arrecife de agonía.

¿Por qué te conocí, hilandera
de primaveras fenecidas,
que urdiste con mis sueños rotos
nuevos tules de fantasía?
¿Por qué te conocí? ¡Misterios
del corazón! ¡Aguja erguida
que remendaste en mí la muerte
con tus puntadas de alegría!
No importa que al soltar tu guante
me ahogaras con tu mano rígida.
No me mentiste. Fue mi culpa
alimentar esta mentira.
Quien busca amor –yo lo buscaba–
halla a la vez rosas y espinas
¡Yo tus espinas las bendigo
porque tus rosas fueron mías!

Pregunté al mar

Yo sé que ya no está muy lejos
la aurora de mi postrer día.
Y antes te quiero decir: "¡Gracias,
por tu piedad y tus caricias!
¡Gracias, porque por tantos años
pusiste tanta maestría,
tanto primor en tu cariño
que no advertí que lo fingías!
Y sentí el soplo de tu amor
como una rosa real y viva...
Y por eso te digo: ¡Gracias,
gracias por tu ración final
de compasión, amor y vida!"

Fernando

Pregunté al mar, al terminar el día,
qué hará mi barca cuando tú te vayas
a gozar del verano en otras playas
ebria de sol, espumas y alegría.

Y el mar me contestó que él lo sabía:
que sin timón ni timonel, a solas,
mi barca errante, en hombros de las olas,
en un lejano islote encallaría.

Y allí, en algún estero cristalino,
sus velas vestirá de regias galas
no para navegar de nuevo... sino

para esperar la Muerte recitando
el fiel Epistolario -¡ensueño y alas!-
del amor de Ilusión y de Fernando.

Fernando

No eres la causa tú

Sé que ante un lirio muerto nació mi cuita
y que, al nacer, a veces la muerte empieza...
La vi nacer y, al punto, en la misma pieza
ir a su blanco féretro mi niñita.

Y algo que aún entre lágrimas a orar me incita
fue ver subir cerrado como un tesoro
e irse entre alas un breve féretro de oro...
¡Era un ángel llevándose a mi niñita!

Y desde la penumbra de aquellos días,
yo –que nada sabía- ¡lo supe todo!
y fueron incompletas mis alegrías...

Y hoy, cuando me ves triste, tu duda empieza...
Mas... ¡Tú no eres la causa! ¡De ningún modo
puede tu amor ser causa de mi tristeza!

Fernando

Una madrugada del verano de 1987 -el mismo año de la primavera en que renacieron las celebradas cigarras de Fernando- Ilusión intentaba en vano dormir. Inútilmente intentó escribirle un poema a Fernando, pues tampoco lograba concentrarse. Su espíritu atravesaba mundos y mundos de recuerdos.

Recordó cómo desde pequeña había alimentado una duda sutil, pero insidiosa, acerca de la existencia del amor verdadero: un amor realmente capaz de sacrificar los intereses propios por los de la persona amada. Esa duda había creado en Ilusión una fría reserva moral, algo así como un muro inconmovible ante los celos de Fernando. Llegó a convencerse de que a él no le interesaban sus sueños, su carrera, sus gustos, sus afectos. Que aquel amor posesivo, casi tiránico, no era en verdad amor... Pues no tomaba en cuenta en lo absoluto su felicidad... Llegó a dudar de la sinceridad del amor de él. Y por esa duda, ella lo había perdido. Tal vez, pensaba, esa reserva era algo que Fernando percibía sin poder explicar, pero que constituía la verdadera causa de sus celos.

Esa noche también recordó cómo un día, en un precioso instante de iluminación, ella había sentido correr *"físicamente por sus venas,"* el amor de Fernando. Tal vez el momento más glorioso de toda su vida. Y el más trascendental porque de ahí en adelante ya se acabaron las reservas. Todo se hizo inteligible y razonable... como por arte de magia. Y ello transformó con inusitada sabiduría el espíritu de Ilusión y sus sentimientos, infundiéndole una actitud comprensiva, tolerante, amorosa y abierta, como preparando su corazón por si algún día Dios la ponía de nuevo frente a Fernando. Como después llegó a ocurrir. Algo realmente milagroso.

De esta forma, los celos y las dudas ya no la afectaron nunca más. Su dolor dejó de ser de ella para apoderarse del de Fernando. En sus propias palabras, *"Mi pena se volcó en su pena y su llanto en el mío. Y en vez de confundida y asustada, me adentré con mis armas de amor en la mano en las profundidades de su ancestral melancolía."*

Mientras pensaba en todas estas cosas, en medio del silencio de la noche, el timbrazo del teléfono la sobresaltó. Era Rodrigo. Fernando estaba en el hospital. No estaban seguros de lo que sucedía... Él y Gonzalo, su hermano, estaban muy asustados...

Sin saber cómo, Ilusión saltó de la cama, se vistió y se trasladó al hospital. Se vio de repente frente a Rodrigo y a Gonzalo, quienes con ojos enrojecidos se encontraban en la sala de espera de la unidad de emergencia del hospital.

Habían encontrado el siguiente poema en las manos de Fernando. Se lo entregaron a ella que lo leyó sin comprenderlo. Parecía que la mente de Fernando, una vez más, se había escapado de la realidad.

Breve retorno

He regresado por unos instantes
al mundo frágil de la lucidez.
No sé por cuántas horas, días, meses... ¿años?
he estado vagando inconsciente
por mi confuso limbo
de tenaces olvidos y pesadillas rotas...

Y ahora te veo aquí de pronto,
con total claridad,
sentada en el ángulo más tibio de mi aposento,
conversando en silencio con mis amigos celestiales.
¡No sabes cuánto me conforta
que reces por mí!

Pero ¿será verdad o será ilusión
que ahora te vea aquí,
como en aquellos tiempos felices
en que fuimos amigos...
novios... esposos?
¿Tú serás tú? ¿Yo seré yo? O...
¿serán las amadas vivencias de ayer
que ahora usurpan el podio de mi yo y de tu yo?

¡No. No ha podido ser
una ilusión!
Ha sido la piedad infinita
de Dios,
ante Quien interceden por mí
San Rafael Arcángel, el Padre Pío,
San Antonio de Padua
-el encontrador de las cosas perdidas-
(¡y yo he perdido tantas!)
y la princesita irlandesa Santa Dymphna,
patrona de los pobres locos
y los inconsolables deprimidos!

Quiero pensar en otras cosas. Pero
vuelvo a pensar
si éste que ahora soy yo
será aquel mismo yo que un día fui,
o es un ajeno yo que ocupa brevemente
el cascarón de mi cráneo
y mi abandonado corazón...

Y es que no sé si los hombres de ciencia
que han estudiado esta tiniebla
-que no logran disipar las drogas-
han admitido en su escabroso protocolo
que el corazón de los poetas puede
iluminar a veces su demencia senil
y distraer su agnosis y su amnesia
con madrigales alucinatorios...

Sé que esta temporal escena
está a punto de terminar...
Pero antes de volver
al frío necrocomio de mis neuronas,
quiero pedirte que
cuando los latidos de mi obstinado corazón
coincidan en rendirse a los tres paros
de la muerte,
ordenes que coloquen en mi cuello
el rosario de las tres medallas
que yo rezaba diariamente
-el que mis niños me regalaron-
Y que me depositen
en un féretro sin metales
-olorosa madera de los verdes bosques-
¡Y que tus manos pongan una orquídea morada
-nuestra flor de los días felices-
sobre mi fatigado corazón!

Fernando

Los médicos salieron de la sala de emergencia a hablar con Ilusión y los hijos de Fernando. Y en pocos minutos, tuvo ella entre sus manos la cabeza abatida de Fernando, aquella cabeza querida que había sido semillero prolífico de tanta enamorada poesía. Ella acariciaba sus cabellos y los cubría de besos y lágrimas. Y le repetía incesantemente, "Te amo, amor, te amo."

Fernando abrió los ojos lentamente y con dificultad y la miró muy fijo por unos instantes. Ella intuyó que el amor de su vida se despedía... Le tomó la mano donde ceñía su rosario de tres medallas y se lo puso alrededor del cuello, mientras él la miraba por última vez. Ilusión, dándole a entender que a pesar de su dolor, comprendía y deseaba saberlo en paz, le sonrió tiernamente y cerró los ojos con resignación, mientras una lágrima brillaba en su mejilla. Él cerró los ojos y ella le repitió al oído, *"Descansa, amor mío, ahora descansa. Nunca me apartaré de tu recuerdo. Vivirás en mi corazón hasta que logremos reencontrarnos."*

Ilusión no pudo oír ninguna palabra final de los labios de Fernando. Pero se consoló recordando cuántas y cuántas palabras ya le había regalado con su hermosa voz y su pluma incansable. Palabras que ahí estaban por ella y para ella, dispuestas siempre a deleitar sus oídos y sus ojos, y a acompañar su soledad hasta la hora de su partida.

Al día siguiente, Ilusión asistió al funeral de Fernando abrazada a Rodrigo y Gonzalo. Y llorando depositó un ramillete de orquídeas sobre el ataúd. Por más que trataba de controlarse para no perder su aplomo, no lograba evitar que las lágrimas corrieran sin cesar por sus mejillas recordando a aquel hombre que había sido su único y gran amor y de cuyo brazo, en los días felices de París, Rodin, asomado a una ventana de su Museo, la había visto pasar, alegre y enamorada, regalándoles a ambos una sonrisa que iluminaba su barba cuadrada, mientras con su mano en alto cincelaba en el cielo un corazón...

Al abandonar por la senda de tristes cipreses aquel antiguo cementerio, a la luz compasiva del silencioso atardecer, Ilusión, entre lágrimas, escuchaba la voz de Fernando recitándole su soneto preferido, "Alba Tú...." en que le pronosticaba:

> *Y un soplo de este sueño compartido,*
> *puede izar para siempre, cielo afuera,*
> *un lucero salvado del olvido!*

Ilusión levantó la mirada sobre las lejanas colinas, como queriendo descubrir, al fondo del espléndido ocaso brasileño, el lucero aquel –el amor de Fernando- que su corazón de novia, en medio de tantas alegrías y desazones, y acaso sin que él lo supiera, había logrado salvar del olvido.

En su tumba de mármol gris aún puede leerse, en letras negras, estos versos de uno de los poetas favoritos de ambos, Amado Nervo:

AMEMOS

"Si nadie sabe ni por qué reímos
ni por qué lloramos:
si nadie sabe ni por qué vinimos
ni por qué nos vamos;
si en un mar de tinieblas nos movemos,
si todo es noche en derredor y arcano,
¡a lo menos, amemos!
¡Quizás no sea en vano!"

Ilusión regresó a París donde residió durante nueve años más, hasta su muerte en 1996. Nunca más quiso escribir poemas.

Aparte de poner a mi disposición su valioso *cofre de recuerdos*, tuvo la gentileza de regalarme uno de los cuadros que adornaban las paredes de su apartamento y que yo había celebrado en numerosas ocasiones. Una acuarela marina con dos barcos de vela, muy sencilla, pero hermosa. Me parecía verlos a ellos. A Fernando y a Ilusión, avanzando –con tormenta o en calma, de día o de noche, con brisa a favor o en contra- pero siempre avanzando, hasta llegar a su destino. No importa si se arriba al destino a veces riendo o a veces llorando. ¡Ah! ¡Pero arribar!

Dos naves

Dos naves los mares surcando
sin brújula ni dirección:
a veces el céfiro sus velas besando;
a veces la súbita ráfaga hiriéndolas
como un fiero arpón.
Y esas naves han sido ¡y aún son!
el apasionado Fernando
y su enamorada Ilusión.

Velas de oro y de sol
frente a brisas y espumas volando a la par.
Y en la playa del sueño una flor y un cantar.
Y, mejillas de tierno arrebol,
oyendo las voces del viento y el mar,
un caracol…

Una palma de siete dóciles penachos.
Huellas en la arena de lagartos viejos,
o enormes cangrejos,
o alegres muchachos…
Y brisas y espumas y estelas.

Traviesa la luna
pintó un veintitrés
con añil cabalístico en una
de las áureas velas.

Un antiguo dolor
a este loco amor
lo aherroja entre tantas cadenas
desde tantos años atrás…
que cien veces dispuso el destino
en un golpe de mar repentino
que ambas naves tomaran su propio camino
como para no encontrarse jamás.

Pero lo admirable
es ver con qué fe inquebrantable
cada nave al futuro con ímpetu avanza,
de la rosa de todos los vientos sintiendo la espuela
hinchar cada vela
con desesperada pasión:
sin que pierdan jamás la esperanza
de llegar un día
-a veces riendo, a veces llorando-
al connubio mágico ¡rapto y poesía!
del apasionado Fernando
y su enamorada Ilusión!

Ilusión y Fernando

Notas a Poemas

Capítulo III. Encrucijada

Caracas-París.

1 El araguaney (Tecota spectabilis) es el árbol nacional de Venezuela, de hermosas flores amarillas. Es la tabebuia tropical o roble costeño de otras zonas.

Capítulo IV. Tormenta

He Puesto en Este Amor Tanto Cariño

2 Cometas: papelotes o papagallos

3 Canicas: metras, bolitas de vidrio o barro con que juegan los niños

¡Sí! …Celos

4 Tomás de Torquemada (1420-1498), sacerdote dominico español, nombrado Inquisidor oficial, cuya actividad y fanatismo lo llevaron a un comportamiento de extrema crueldad contra todo aquél sobre el que recayese la sospecha de herejía.

Capítulo V. Ausencia

Un Día de San Valentín

5 Ilusión y Fernando se habían conocido un día jueves

Canadá

6 Durante una estadía en Whitehorse, Yukon, Canadá

Tus Oraciones

7 La oración de la mañana "No tengas miedo…" se le atribuye a San Francisco de Sales.

La de la noche al Ángel de La Guarda es una de las oraciones que a menudo se le reza a los niños antes de dormir.

He Andado Senderos

8 En este poema, Ilusión alude al sentimiento de profunda depresión y autocompasión que a pocos meses de su divorcio de Fernando, la invadió durante varios días y la mantuvo postrada en cama, incapaz de reaccionar.

Capítulo VI. Reencuentro

EL Escultor

9 La serpentina es una piedra fina, verdosa con venas oscuras, tan dura como el mármol, muy apreciada por el pulimento que puede alcanzar.

Juguemos a ser novios

10 El turpial (Icterus icterus) es el ave nacional de Venezuela, se reconoce por su vistoso color marillo-naranja en todo el cuerpo excepto las alas y la cabeza que son negras con partes blancas.

Luna de Miel en Tu Cuba

11 Habiendo visitado en su juventud familiares residenciados en Cuba, Fernando había quedado encantado con la belleza de la isla y la simpatía de su gente

12 Ilusión se refiere a José Martí, prócer y poeta cubano (1853-1895), autor de los famosos versos (El número XXXIX de sus Versos Sencillos):

r   *"Cultivo una rosa blanca,*
en julio como en enero
para el amigo sincero
que me da su mano franca.

"Y para el cruel que me arranca
el corazón con que vivo,
cardo ni oruga cultivo,
cultivo la rosa blanca."

La Copa

13 Esa noche Ilusión le había obsequiado a Fernando un fino juego de copas de vino de cristal con sus iniciales.

14 El Bella Sera (bella tarde): vino tinto italiano Merlot Delle Venezie

Capítulo VII. Elevación

De Ti Depende Todo

15 Zeus, dios de la mitología griega, enamorado de Europa, se transformó en toro y la raptó, llevándola a la isla de Creta.

16 Dédalo, arquitecto mitológico, constructor del Laberinto.

Indice de Poemas

Capítulo VIII. despedida